文库

丛书主编 郑 毅

吉林三贤集

佟柱臣 金意庵 厉凤舞 著

吉林文史出版社

《长白文库》总序

　　中华优秀传统文化是中华民族的"根"和"魂"，习近平总书记高度重视中华优秀传统文化，并将其作为治国理政的重要思想文化资源。"不忘本来才能开辟未来，善于继承才能更好创新。""优秀传统文化是一个国家、一个民族传承和发展的根本，如果丢掉了，就割断了精神命脉。"中华优秀传统文化具有多样性和地域性等特征，东北地域文化是多元一体的中华文化中的重要组成部分。吉林省地处东北地区中部，是中华民族世代生存融合的重要地区，素有"白山松水"之美誉，肃慎、扶余、东胡、高句丽、契丹、女真、汉族、满族、蒙古族等诸多族群自古繁衍生息于此，创造出多种极具地域特征的绚烂多姿的地方文化。为了"弘扬地方文化，开发乡邦文献"，自 20 世纪 80 年代起，原吉林师范学院李澍田先生积极响应陈云同志倡导古籍整理的号召，应东北地区方志编修之急，服务于东北地方史研究的热潮，遍访国内百余家图书馆寻书求籍，审慎筛选具有代表性的著述文典 300 余种，编撰校订出版以《长白丛书》（以下简称《丛书》）为名的大型东北地方文献丛书，迄今已近 40 载。历经李澍田先生、刁书仁和郑毅两位教授三任丛书主编，数十位古籍所前辈和同人青灯黄卷、兀兀穷年，诸多省内外专家学者的鼎力支持，《丛书》迄今已共计整理出版了110 部 5000 余万字。《丛书》以"长白"为名，"在清代中叶以来，吉林省疆域迭有变迁，而长白山钟灵毓秀，蔚然耸立，为吉林名山，从历史上看，

不咸山于《山海经·大荒北经》中也有明确记录,把长白山当作吉林的象征,这是合情合理的。"(《长白丛书》初版陈连庆先生序)

1983 年吉林师范学院古籍研究所(室)成立,作为吉林省古籍整理与研究协作组常设机构和丛书的编务机构,李澍田先生出任所长。全国高校古籍整理工作委员会、吉林省教委和省财政厅都给予了该项目一定的支持。李澍田先生是《丛书》的创始人,他的学术生涯就是《丛书》的创业史。《丛书》能够在国内外学界有如此大的影响力,与李澍田先生的敬业精神和艰辛努力是分不开的。《丛书》创办之始,李澍田先生"邀集吉、长各地的中青年同志,乃至吉林的一些老同志,群策群力,分工合作"(初版陈序),寻访底本,夙兴夜寐逐字校勘,联络印刷单位、寻找合作方,因经常有生僻古字,先生不得不亲自到车间与排版工人拼字铸模;吉林文史出版社于永玉先生作为《丛书》的第一任责编,殚精竭虑地付出了很多努力,为《丛书》的完成出版做出了突出贡献;原古籍所衣兴国等诸位前辈同人在辅助李澍田先生编印《丛书》的过程中,一道解决了遇到的诸多问题、排除了诸多困难,是《丛书》草创时期的重要参与者。《丛书》自 20 世纪 80 年代出版发行以来,经历了铅字排版印刷、激光照排印刷、数字化出版等多个时期,《丛书》本身也称得上是改革开放以来中国印刷史的见证。由于《丛书》不同卷册在出版发行的不同历史时期,投入的人力、财力受当时的条件所限,每一种图书的质量都不同程度留有遗憾,且印数多则千册、少则数百册,历经数十年的流布与交换,有些图书可谓一册难求。

1994 年,李澍田先生年逾花甲,功成身退,由刁书仁教授继任《丛书》主编。刁书仁教授"萧规曹随",延续了《丛书》的出版生命,在经费拮据、古籍整理热潮消退、社会关注度降低的情况下,多方呼吁,破解困局,使得《丛书》得以继续出版,文化品牌得以保存,其功不可没。1999 年原吉林师范学院、吉林医学院、吉林林学院和吉林电气化高等专科学校合并组建为北华大学,首任校长于庚蒲教授力主保留古籍所作为北华大学处级建制科研单位,使得《丛书》的学术研究成果得以延续保存。依托北华大学古籍所发展形成的专门史学科被学校确定为四个重点建设学科之一,在东北边疆史地研究、东北民族史研究方面形成了北华大学的特色与优势。

2002年，刁书仁教授调至扬州大学工作，笔者当时正担任北华大学图书馆馆长，在北华大学的委托和古籍所同人的希冀下，本人兼任古籍所所长、《丛书》主编。在北华大学的鼎力支持下，为了适应新时期形势的发展，出于拓展古籍研究所研究领域、繁荣学术文化、有利于学术交流以及人才培养工作的实际需要，原古籍研究所改建为东亚历史与文献研究中心，在保持原古籍整理与研究的学术专长的同时，中心将学术研究的视野和交流渠道拓展至东亚地域范围。同时，为努力保持《丛书》的出版规模，我们以出文献精品、重学术研究成果为工作方针，确保《丛书》学术研究成果的传承与延续。

在全方位、深层次挖掘和研究的基础上，整套《丛书》整理与研究成果斐然。《丛书》分为文献整理与东亚文化研究两大系列，内容包括史料、方志、档案、人物、诗词、满学、农学、边疆、民俗、金石、地理、专题论集12个子系列。《丛书》问世后得到学术界和出版界的好评，《丛书》初集中的《吉林通志》于1987年荣获全国古籍出版奖，三集中的《东三省政略》于1992年获国家新闻出版总署全国古籍整理图书奖，是当年全国地方文献中唯一获奖的图书。同年，在吉林省第二届社会科学成果评奖中，全套丛书获优秀成果二等奖，并被国家新闻出版总署列为"八五"计划重点图书。1995年《中国东北通史》获吉林省第三届社会科学优秀成果二等奖。2005年，《同文汇考中朝史料》获北方十五省（市、区）哲学社会科学优秀图书奖。

《丛书》的出版在社会各界引起很大反响，与当时广东出现的以岭南文献为主的《岭南丛书》并称国内两大地方文献丛书，有"北有长白，南有岭南"之誉。吉林大学金景芳教授认为"编辑《长白丛书》的贡献很大，从《辽海丛书》到《长白丛书》都证明东北并非没有文化"。著名明史学者、东北师范大学李洵教授认为："《长白丛书》把现在已经很难得的东西整理出来，说明东北文化有很高的水准，所以丛书的意义不只在于出了几本书，更在于开发了东北的文化，这是很有意义的，现在不能再说东北没有文化了。"美国学者杜赞奇认为"以往有关东北方面的材料，利用日文资料很多。而现在中文的《长白丛书》则很有利于提高中国东北史的研究"（《长白丛书》出版十周年纪念会上的发言）。中国社会科学院边疆史地研究中心主任厉声研究员认为:"《长白丛书》已经成为一个品牌,与西北研究同列全国之首。"(1999 年 12 月在《长白丛书》工作规划会议上的发言)目前,《长白丛书》已被收藏于日本、俄罗斯、美国、德国、英国、加拿大、澳大利亚、韩国及东南亚各国多所学府和研究机构,并深受海内外史学研究者的关注。

为了更好地传承和弘扬优秀地域文化,再现《丛书》在"面向吉林,服务桑梓"方面的传统与特色,2010 年前后,我与时任吉林文史出版社社长的徐潜先生就曾多次动议启动出版《长白丛书精品集》,并做了相应的前期准备工作,后因出版资助经费落实有困难而一再拖延。2020 年,以十年前的动议与前期工作为基础,在吉林省省级文化发展专项资金的资助下,北华大学东亚历史与文献研究中心与吉林文史出版社共同议定以《长白丛书》为文献基础,从《丛书》已出版的图书中优选数十种具有代表性的文献图书和研究著述合编为《长白文库》加以出版。

《长白文库》是在新的历史发展时期对《长白丛书》的一种文化传承和创新,《长白丛书》仍将以推出地方文化精华和学术研究精品为目标,延续东北地域文化的文脉。

《长白文库》以《长白丛书》刊印 40 年来广受社会各界关注的地方文化图书为入选标准,第一期选择约 30 部反映吉林地域传统文化精华的图书,充分展现白山松水孕育的地域传统文化之风貌,为当代传统文化传承提供丰厚的文化滋养,是一件功在当代、利在千秋的文化盛举。

盛世兴文,文以载道。保存和延续优秀传统文化的文脉,是人文社会科学研究者的社会责任和学术使命,《长白丛书》在创立之时,就得到省内外多所高校诸多学界前辈的关注和提携,"开发乡邦文献,弘扬地方文化"成为 20 世纪 80 年代一批志同道合的老一辈学者的共同奋斗目标,没有他们当初的默默耕耘和艰辛努力,就没有今天《长白丛书》这样一个存续 40 年的地方文化品牌的荣耀。"独行快,众行远",这次在组建《长白文库》编委会的过程中,受邀的各位学者都表达了对这项工作的肯定和支持,慨然应允出任编委会委员,并对《长白文库》的编辑工作提出了诸多真知灼见,这是学界同道对《丛书》多年情感的流露,也是对即将问世的《长白文库》的期许。

感谢原吉林师范学院、现北华大学 40 年来对《丛书》的投入与支持，感谢吉林文史出版社历届领导的精诚合作，感谢学界同人对《丛书》的关心与帮助！

郑　毅

谨序于北华大学东亚历史与文献研究中心

2020 年 7 月 1 日

《长白丛书》序

　　吉林师范学院李澍田同志，悉心钻研历史，关心乡邦文献，于教学之余，搜罗有关吉林的书刊，上自古代，下迄辛亥，编为《长白丛书》，征序于予，辞不获命。爰缀予所知者书于简端曰：

　　昔孔子有言："夏礼，吾能言之，杞不足征也；殷礼，吾能言之，宋不足征也。文献不足故也，足则吾能征之矣。"说者以为："文，典籍也；献，贤也。"这是因为文献对于历史研究相辅相成，缺乏必要的文献，历史研究便无从入手。古代文献，如十三经、二十四史之属，久已风行海内外，家传户诵，不虞其失坠，而近代文献往往不易保存。清代学者章学诚对此曾大声疾呼，唤起人们的注意。于其名著《文史通义》中曾详言之。然而，保存文献并不如想象那么容易。贵远贱近，习俗移人，不以为意，随手散弃者有之。保管不善，毁于水火，遭老鼠"批判"者有之。而最大损失仍与政治原因有关。自清朝末叶以来，吉林困厄极矣，强邻环伺，国土日蹙，先有日、俄帝国主义战争，继有军阀割据，九一八事变后，又有敌伪十四年统治，国土沦亡，生民憔悴。在政权更迭之际，人民或不免于屠刀，图书文物更随时有遭毁弃和掠夺的命运。时至今日，清代文书档案几如凤毛麟角，九一八事变以前书刊也极为罕见。大抵有关抨击时政者最先毁弃，有关时事者则几无孑遗。欲求民国以来一份完整无缺的地方报纸已不可能，遑论其他。

　　中华人民共和国成立以来，百废俱兴，文教事业空前发展，而中经"十年内乱"，公私图书蒙受极大损失，断简残篇难以拾掇。吉林市旧家藏书，"文革"期间遭到洗劫，损失尤重。粉碎"四人帮"后，祖国复兴，文运欣欣向荣，在拨乱反正的号召下，由陈云同志领导，大张旗鼓，整理古籍，一反民族虚无主义积习，尊重祖国悠久文化传统，为振兴中华，提供历史借鉴。值此大好时机，李澍田同志以一片爱国爱乡的赤子之心，广泛搜求有关吉林之文史图书，不辞劳苦，历访东北各图书馆，并远走京沪各地，仆仆风尘，调查访问，即书而求人，因人而求书，在短短几年时间，得书逾千，经过仔细筛选，择其有代表性者三百种，编为《长白丛书》。盖清代中叶以来，吉林省疆域迭有变迁，而长白山钟灵毓秀，巍然耸立，为吉林名山，从历史上看，不咸山于《山海经·大荒北经》中也有明确记录，把长白山当作吉林的象征，这是合情合理的。

丛书中所收著作，以清人作品为最多，范围极其广泛，自史书，方志、游记、档案，家谱以下，又有各家别集、总集之属。为网罗散佚，在宋、辽、金以迄明代的著作之外，又以文献征存，史志辑佚、金石碑传补其不足，取精用宏，包罗万象，可以说是吉林文献的总汇。对于保存文献，具有重大贡献。

回忆酝酿编余之际，李澍田同志奔走呼号，独立支撑，在无人、无钱的条件下，邀集吉长各地的中青年同志，乃至吉林的一些老同志，群策群力，分工合作，众志成城，大业克举。在整理文献的过程中，摸索出一套先进经验，培养出一支坚强队伍。这也是有志者事竟成的一个范例。

我与李澍田同志相处有年，编订此书之际，澍田同志虚怀若谷，对于书刊的搜求，目录的选定，多次征求意见。今当是书即将问世之际，深喜乡邦文献可以不再失坠，故敢借此机会聊述所怀。殷切希望读此书者，要从祖国的悲惨往事中，培养爱祖家、爱乡土的心情，激发斗志，为四化多做贡献。也殷切希望读此书者能够体会到保存文献之不易，使焚琴煮鹤的蠢事不再重演。

当然，有关吉林的文献并不以汉文书刊为限。在清代一朝就有大量的满、蒙文的档案和图书，此外又有俄、日、英、美各国的档案和专著，如能组织人力，有计划、有步骤地进行整理，提要钩玄勒成专著，先整理一部分，然后逐渐扩大，这也是不朽的盛业，李君其有意乎？

吉林　陈连庆　谨序
一九八六年五月一日

本书前言

　　本诗集系继《吉林三杰集》后又推出的一部与东北地域密切相关的三位当代作者的诗词力作，内含佟柱臣先生的《医巫闾山诗集》、金意庵先生的《长白山诗集》、厉凤舞先生的《林海心声》诗集。合称《吉林三贤集》。

　　佟柱臣先生一九二○年三月生于辽宁省黑山县。一九四一年毕业于吉林高等师范学校史地系。曾任国立沈阳博物院副研究员，东北博物馆名誉研究员，中国历史博物馆考古部、陈列部副主任，中国社会科学院考古研究所研究员、学术委员会委员、第一室副主任，中国社会科学院研究生院教授，中国大百科全书考古学新石器时代考古副主编，中国考古学会理事，中国民族史学会顾问。佟先生研究新石器时代考古学、边疆民族考古学、原始社会史学，因搜集资料之故，足迹遍及全中国，所历名山大川、圣迹皇陵、京都名城、遗址史迹、民族风情，感受颇多，故兴之所致，发而为诗。本诗集收录其诗200余首，以其家居医巫闾山之阳，故命名《医巫闾山诗集》。

　　金意庵先生，本名启族，姓爱新觉罗，字意庵，自号长白山民。清高宗纯皇帝皇长子定安亲王永璜之后裔。祖籍东北长白，一九一五年十月生。于诗书画印诸方面俱称精湛，任中国书法家协会理事、篆刻艺术委员会委员、中华诗词学会会员、吉林省文史研究馆馆员、吉林市书法家协会主席、吉林市文联书画院名誉院长。曾于一九九一年出版诗集《意庵诗草》，收录各体诗500余首。此次收录各体诗约300余首，颜之曰《长白山诗集》，乃"因祖籍长白，以志追远之意"。

　　厉凤舞先生一九一八年三月生于辽宁省盘山县。一九四○年毕业于奉天农业大学林学科。曾任沈阳铁路局、吉林铁路局林业工程师、高级工程师、吉林林学院高级工程师、吉林省林学会理事、吉林市林学会副理事长、吉林省老科技工作者协会理事。发表有关营林治水方面论文数十篇，著有

《林海点滴》论著一部。厉先生酷爱诗词,在长达半个多世纪的林海生涯中,一直以吟咏古诗词来表达自己热爱祖国、热爱人民、热爱事业的心声。这次收录其各体诗词约200余首。因厉先生将毕生精力奉献于林业,故诗集冠以《林海心声》。

诗言志,歌咏情。三位贤达的力作,兼及国事、家事、天下事,既有讴歌上下五千年的怀古之作,又有充满激情的时代颂歌,也有细腻动人的抒情之笔,更有憧憬未来的奋起之声。读来令人为之情醉。在将此集奉献读者的同时,诚望有更多更好的作品问世,以讴歌伟大的祖国,伟大的时代。

编　者
一九九七年九月

目　　录

吉林三贤集

019

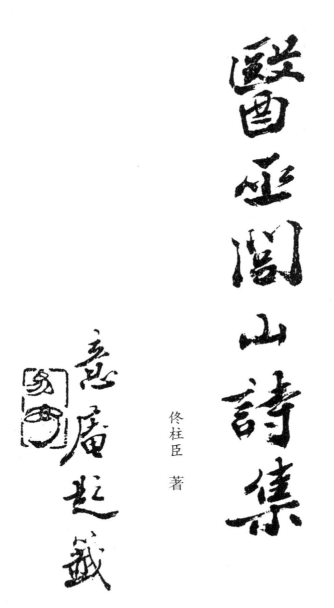

醫巫閭山詩集

佟柱臣　著

医巫闾山诗集序

　　余治中国新石器时代考古学、边疆民族考古学、原始社会史学、博物馆学，以搜集资料故，行程遍及寰中。凡黄河长江之畔，渤海东海之滨，南粤珠江之域，白山黑水之地，戈壁绿洲之间，草原大漠之野，均有足迹存焉。所历名山大川、自然风物、湖光山色、圣迹皇陵、京都名城、宫苑坛庙、长城青冢、遗址史迹、山庄名胜、海岛山村、民族风情、小院起居、世事感怀，均备览之矣。恒念宇宙之浩渺，时空之无限，神州之辽阔，山河之壮丽，雪域珠峰，地球顶巅，钟灵毓秀，神韵天成。忆春秋之悠远，历汉唐元清之盛，文治武功，罕有其匹。观中华文明之精英，察黄土儿女之遗迹，民族与历史遗产永存，人民与浩然正气同在，地灵人杰，物华天宝，所见所闻，感受足多。故兴之所致，发而为诗，得278首，其中五言绝句55首，七言绝句144首，五言律诗5首，七言律诗74首。并附张郁教授七言绝句1首，七言律诗2首。皆心声也。以家居医巫闾山之阳，医巫闾者，《周礼·职方氏》："东北曰幽州，其山镇曰医巫闾。"《尔雅·释地》："东方之美者，有医巫闾之珣，玗琪焉。"盖为镇山出美玉之所也。因以医巫闾山名诗集云。

佟柱臣

序于北京芳星圆之松云斋

一九九五年八月十五日

过刘屯书怀

猎猎北风起，茫茫四野烟。

家贫待奔走，那敢怨天寒！①

一九三九年腊月

注：

①记得十九岁时，余入吉林高师之第一年寒假，以家境贫困，曾去四十里外拉拉屯借债不得，归途路过刘屯，距家白土厂门尚有八里之遥，天已薄暮，几缕炊烟，不胜惆怅，因口吟。

再游福陵①

四十年前思往事，于今又到福陵中②。

莺歌鹂唱乔松盖，碧瓦红墙万木丛。

环丘张屏飘玉带，梨花傲雪笑东风。

女真王气早消歇，人民史影自无穷。

一九七八年五月十八日

注：

①福陵为清太祖努尔哈赤陵，即东陵。

②十八岁在沈阳四中读书时，曾游此地，于今已四十年矣。回忆往事，思潮起伏。

沈阳南湖小坐

宿雨早放晴，柳岸碧波平。

旅途偷闲里，静坐听蛙鸣。

一九七八年五月十八日

避暑山庄纪景

滦平课罢任遨游，山庄如画景自幽。
松涛激荡榛子峪①，棰峰倒影如意洲②。
千岩芳卉胸襟旷，四面云山眼底收③。
御道④行吟思玄历⑤，开疆拓土功千秋。

一九七八年六月二十一日

注：

①榛子峪：在避暑山庄西墙内，为有名风景区。

②如意洲中见棒槌山倒影。棰同槌。

③四面云山：为康熙三十六景之一，在山庄西北山之高处，上有亭曰四面云山，原有联为"山高先得月，岭峻自来风"。

④御道：在山庄北，铺长条石。

⑤玄历：玄，为清圣祖康熙玄烨；历，为清高宗乾隆弘历。

再游大红台

普陀宗乘庙庄严，弹指三十五年前①。
高宗英武善优恤②，渥巴锡来事亦贤。

一九七八年六月二十二日

注：

①一九四三年曾游此地。

②清高宗乾隆以渥巴锡来归，撰有《优恤土尔扈特部众记》。

雨后访避暑山庄

雨后访山庄，烟雾溔苍苍。

热泉翻细浪，荷盖闪珠光。

柳丝新滴露，芳菲旧帝乡。

且喜腰脚健，信步过山岗。

一九七八年六月二十三日

访丸都山城

霜凝访丸都①，我与丘俭殊②。

好太王碑峻③，长川壁画朱④。

纵骑奔鹿逐，舞踊广袖舒。

刺马悬车险⑤，高句丽何辜。

一九七九年十月二十日

注：

①丸都即国内城，在今吉林集安。

②三国魏正始五年（公元244年）遣毌丘俭攻丸都。碑存辽宁省博物馆。

③好太王为高句丽第十九王，碑高6.12米，1800余言，建于东晋义熙十年（公元414年）。

④长川一号墓，壁画朱彩艳丽。

⑤《北史》记毌丘俭束马悬车以攻丸都。

丰润途中

芒种正忙播，麦浪翻绿波。

软卧理新作，愧献人民薄。

一九八〇年六月五日

逢故人忆旧

凌滨执教恰青春①，难得鬓霜逢故人②。
喜见天民犹矍铄③，痛忆神州正陆沉。
爱人协踏王八盖④，农家邀觇牛河珣⑤。
往事回首惊且喜，悠然放眼鞦鞴云。

一九八〇年六月十四日

注：
①一九四三年在凌原中学执教。
②一九八〇年六月十四日晚于凌原招待所见到了老同事张天民先生。
③张先生年已八十。
④一九四四年与爱人郭庆洲共同调查了广山下王八盖子遗址。
⑤一九四四年在牛河梁农家看到绿色勾云纹玉佩，现藏辽宁省博物馆。

寻赤峰故宅

故宅仍依旧①，不见土墙痕。
沧桑虽多变，小巷记犹新。

一九八〇年六月二十二日

注：
①赤峰三道街剪子胡同八号。

访赤峰三中

蜘蛛山地古①，中学早改观②。
大桥闲眺望，悠然见红山。

注：

①蜘蛛山城为遗址，含红山文化层、夏家店下层、夏家店上层诸文化层。

②赤峰中学已改成赤峰三中。

再访燕北长城

壮心犹未已，直上石佛巅。

蜿蜒黄土岭，横越平顶山^①。

翘首大千界，俯怀卅六年。

遥觇水地碧^②，忙里且偷闲。

一九八〇年六月二十三日

注：

①一九八〇年六月二十三日再去看吾一九四四年在赤峰发现之燕北长城。

②水地村田畴碧绿。

于家砣头远眺

海上群帆影，烟波浩渺平。

时空皆无限，人生应有情。

一九八〇年七月十二日

松花江畔

仆仆吉林道，须臾四十年。

蒙蒙江上雾，于今又开颜。

一九八〇年七月十九日

吉沈道中忆旧

吉沈道中几度游，屈指韶华卅八秋①。

彻夜苦读期自勉②，一生受用存心畴。

骚达陶壶收行箧③，蛇山汉城稍勾留④。

内子犹作学生态⑤，于今同己是白头。

一九八〇年七月二十日

注：

①一九四二年冬吉林高师毕业之际，从黄旗屯登车，经沈阳返乡，算来已三十八年矣。

②那天夜里一宿未睡，苦读以自励。

③当时纸皮箱中曾带着骚达沟石棺中出土的陶壶，属西团山文化。

④在蛇山子车站调查了汉城。

⑤记得那次庆洲犹着学生装。

红花套江堤漫步

江出三峡浩瀚多，朝阳映水耀金波。

白帆数点东流去，不信人间尽蹉跎。

一九八〇年十二月十二日

过西陵峡

群峰逼江势侵天，缭绕峦头云亦烟。

千帆急下西陵峡，一崖如故黄牛滩①。

神女有情迎远客，诸葛无意存遗篇②。

堆石③橘树浑如画，凿岩填坝④葛洲边。

一九八〇年十二月十五日

注：

①黄牛庙后有黄牛岩，石呈黄牛状。三国时期诸葛亮入蜀已见之，至今犹存。

②诸葛亮有《黄牛庙记》，后人重刻于此，以祠诸葛。

③沿西陵峡两岸有石若干堆，为自然岩脉之状，诸葛亮文有"乱石排空"之句。

④沿葛洲坝两岸几十里峭壁下，均见到凿岩装运填坝。

从宜昌下航

千里汉阳一日还，两岸不复听啼猿。

心静始觉航轮稳，安得悠然半日闲。

一九八〇年十二月十七日

过城陵矶

村疏两岸阔，江平识天低。

白鸥逐浪起，青牛食草堤。

一九八〇年十二月十七日

过赤壁

横塑赋诗一世雄，笑谈早已付东风。

时人指点赤壁下，高崖临江露碧亭。

一九八〇年十二月十七日

金州湾

霞衬金辉朝日影，光摇碧波海底天。

幽人徐驰林阴道，麻雀啄食曲径旬。

一九八一年八月十三日

旅顺口

十里风腥战场残①，两凶血刃殖民寒。

强权何年成泡影，大千从此笑开颜。

一九八一年八月十四日

注：

①东鸡冠山炮台、电岩炮台均为沙俄旧垒。日酋乃木希典十里风腥新战场石刻仍存于旅顺监狱旧址内。

参观静谷园瀛台

春藕①爱翠②感物华，静谷园内帝王家。

涵元千古成含怨③，人间应种自由花。

一九八一年九月十三日

注：

①春藕斋在静谷园。

②爱翠楼亦在静谷园。

③涵元殿在瀛台为囚禁光绪之所，一九〇八年其死于此。

偕刘畅游北海

琉璃壁上戏九龙^①，白塔晨曦雾正浓^②。

琼岛秋深王气泯，遄飞逸兴笑谈中^③。

一九八一年十月十八日

注：

①看北海九龙壁。

②登白塔。

③与刘畅戏爬山洞。

过岳王坟

还我河山贯长虹，临安皇子太庸昏。

三字千古成冤狱^①，忠奸自有后人分。

一九八一年十二月七日

注：

①三字指"莫须有"。

花港观鱼

卧波几曲水中栽，红鳞万尾任游回。

丹亭翠竹湖石隐，信是人间天上来。

一九八一年十二月八日

访临安故城址

西湖歌舞未消歇，山色醉人气自奢。

偕刘畅游北海

琉璃壁上戏九龙[①]，白塔晨曦雾正浓[②]。

琼岛秋深王气泯，遄飞逸兴笑谈中[③]。

一九八一年十月十八日

注：

①看北海九龙壁。

②登白塔。

③与刘畅戏爬山洞。

过岳王坟

还我河山贯长虹，临安皇子太庸昏。

三字千古成冤狱[①]，忠奸自有后人分。

一九八一年十二月七日

注：

①三字指"莫须有"。

花港观鱼

卧波几曲水中栽，红鳞万尾任游回。

丹亭翠竹湖石隐，信是人间天上来。

一九八一年十二月八日

访临安故城址

西湖歌舞未消歇，山色醉人气自奢。

承平日久终须诫，莫使春秋出坎坷。

一九八一年十二月二十日

过苏州

长空从未见天堂，人间却是有苏杭。

太湖波静称物阜，运河北去资输粮。

平畴千顷出嫩绿，红袖几点运锄忙。

心闲不觉车轮紧，皓首寻石乐未央。

一九八一年十二月二十六日

登南京中山门

中山门上①远登临，暮霭苍茫夕照昏。

秦淮河畔笙歌歇②，建业垣外柏森森③。

台城④武帝终饿死，莫愁⑤女儿有新吟。

几代皇京随波逝，春秋依旧属黎民。

一九八二年十二月二十七日

注：

①中山门明朝阳门，系明东城门。

②秦淮河为六朝金粉笙歌之所，在今水西门与通济门之间。

③孙吴都建业，西筑石头城，有虎踞龙盘之固。

④台城在今城东北角。

⑤杭州、武昌均有莫愁女像。

秦淮河上

六朝金粉已成尘，乌衣巷口犹可寻。

忽闻笙歌传旧曲，如泣如诉总伤神。

一九八二年一月二日

莫愁湖畔

莫愁精神在莫愁[①]，十年远戍任沉浮。

南朝帝陵成阡陌，唯有莲湖名莫愁。

一九八二年一月五日

注：

①南京流传六朝齐梁故事，莫愁为洛阳贫家女，十三能织绮，十四采桑，十五嫁为卢家妇。婚后一年丈夫远戍边塞辽阳，莫愁以助邻里为乐，邻人因此横塘（石城湖）名莫愁湖，以纪念之。

过凤阳

岗峦高低接凤阳，遐想朱家起此乡。

地瘠树帜终有故，黔首何年是小康。

一九八二年一月六日

悼文中博士[①]

秋雨秋霜秋色衰，硕学其萎不胜哀。

明华博士躬矻取，中国猿人问世来[②]。

劳动创造始有证③，旧石基业自此开。

先生文章垂宇宙，无限追思绕燕台。

一九八二年九月二十八日上午十时参加追悼会归来之后

注：

①裴文中教授，字明华，河北丰润（原唐山市丰南县）人。生于一九〇四年一月十九日，于一九八二年九月十八日上午十二时十九分逝世。先生为旧石器考古学、第四纪哺乳动物学、第四纪地层学的创始人，学勋卓著。

②当时称中国猿人，后改称北京猿人。

③先生在周口店猿人洞发现的人类化石、石器、哺乳动物化石、灰烬层，在世界上首次证实了恩格斯劳动创造人的理论。

访滕王阁旧址

滕王高阁早成尘，远眺赣江念才人①。
落霞孤鹜实绝唱，秋水长天更写神②。

一九八二年十月十三日

注：

①滕王阁序作者王勃为唐初四杰之一。

②滕王阁序中有："落霞与孤鹜齐飞，秋水共长天一色。"成为千古名句。

参观青云圃

前寻山人宅①，青云圃为名。
画中存逸趣，居清不志明。

一九八二年十月十七日

注：

①八大山人朱耷。

去昙石山遗址道上

鹅白几点戏陂唐，稻浪飘香现嫩黄。

闽江两岸无穷碧，北国大地早披霜。

一九八二年十月二十四日

庄边山遗址远眺

龙木垂须芙蓉开①，瓦屋山村树如海。

犬睡牛眠鸡啼午②，江青草绿岸沙白。

一九八二年十月二十九日

注：

①芙蓉花大，粉红色。

②午间山村寂静，只听到几声鸡鸣。

出闽中

风雨连江出闽中，武夷山头雾空蒙。

建溪碧透轻舟过，牧女披蓑立竹丛。

一九八二年十月三十日

至英德

飞车直下三千里，雨壁青山似闽中。

珠江稻浪连天际，依然物阜兆年丰。

一九八二年十一月一日

登镇海楼

镇海楼高喜登临①，揽粹无余粤秀峰②。

遥思虎门焚烟处，近指黄花烈士陵。

自古蕃禺重南国，于今红紫满羊城③。

怡然偷闲寻曲径，湖面浮花佳木森④。

一九八二年十一月七日

注：

①镇海楼在广州粤秀公园中南部，可俯瞰全城。

②粤秀峰在镇海楼南，上有孙中山纪念碑，刻总理遗嘱。

③虽然北方已是初冬，但广州此时姹紫嫣红，到处是花。

④绿湖面上浮着从湖岸落下的扶桑红花。

与庆洲逛中山公园唐花坞前口占

湖旁垂柳绿，春风拂面寒。

一见哈哈镜，虽老不知年。

一九八三年四月三日

访王城岗

重上登封道，王城禹迹寻。

文明重开国，嵩岳是中心。

一九八三年五月十四日

花园口堤上

汹涌黄涛望大河，无垠麦浪起碧波。

遥想花园决口日，中华危亡几悲歌。

一九八三年五月十六日

平粮台城上

淮阳道上过陈留，杞人忧天不复忧。

麦浪千里承平世，平粮台下好田畴。

一九八三年五月十八日

过太昊陵

高丘人言太昊陵①，登临俯瞰一片青。

画卦应为筹算祖，此处犹传太古情。

一九八三年五月十九日

注：

①陵前有太昊伏羲陵碑，经钻探证实为汉墓。

乌丹道上远眺

白杨千行不见沙，车帐之民早安家。

禾径纵横万锄落，畦上黄花杂紫花。

一九八三年七月十三日

过西喇木伦河①

黄河之水果然黄，白沙大漠见牛羊。

宋使跋涉思往事，哈达相迎大桥旁②。

一九八三年七月十三日

注：

①西喇亦称西拉，蒙语为黄，木伦为河，西喇木伦河果然是黄色。

②巴林右旗旗长在大桥畔献哈达相迎。

上京路上遇雨

羊群牛群又马群，细雨空蒙草色新。

辽王捺钵成往事，为寻旧迹访上京。

一九八三年七月十三日

登辽上京临潢府城

蒿生宫馆王气消，遥觇马面识辽朝。

引弓开国太祖业，板筑兴邦赖汉僚①。

独臂驾鹰豪气在②，朱裳左衽玉颜娇③。

春水秋山无限乐，交聘宋使过潢桥。

一九八三年七月十四日

注：

①礼部尚书康黔记为板筑使。

②翁牛特旗解放营子头道窝铺辽壁画墓中有驾鹰者，颇豪壮。

③乌兰察布盟豪欠营子契丹女尸朱裳左衽，容颜秀丽。

附：张郁^①和诗

紫禁皇城王气萧，颓垣断壁认前朝。

龙楼凤阁无缘见，废冢荒丘现百僚。

耶律遗存非昔比，幽燕景物更娇娇。

知情唯有临潢月，曾照南朝奉使桥。

一九八三年七月十六日

注：

①张郁教授，安徽人，著名考古学家，内蒙古文物考古研究所研究员。

车抵桂林途中

稻黄水绿远山青，晨曦山村倍静宁。

车中闲听漓江曲，南国风光数桂林。

一九八三年十月二十二日

车过桂林

驼峰逶迤连锥峰，山外青山分外青。

唯见平畴稻黄色，凭窗远眺乐无穷。

一九八三年十月二十二日

从邕州饭店
至广西博物馆途中口占

桂花香里到南宁，扶桑白兰织锦城。

相思树下忆红豆，留得人间一片情。

一九八三年十月二十三日

游七星岩

飘香佳木自葱茏①，扶桑花影映乔榕②。

一水抱城流清澈③，千峦环桂作笔峰④。

象鼻山饮漓江畔⑤，七星岩里广寒宫⑥。

语出成大甲天下⑦，诗人颂句满寰中。

一九八三年十一月五日

注：

①桂林正是丹桂飘香季节。

②榕湖旁有高大古榕树，传为黄庭坚系船处。

③一水指漓江，桂林交通图有"千峰环野立，一水抱城流"句。

④前图中又有"几程漓水曲，万点桂山尖"句。

⑤漓江畔有象鼻山，若大象长鼻插入江中。

⑥七星岩洞内有石钟乳、石笋、天柱，千姿百态，清凉幽静，洞回路转，颇似传说中的广寒宫。

⑦黄增庆教授见告"桂林山水甲天下"，语出自宋桂林鹿鸣燕太守范成大。

桂林至杨堤

尖峰拔地起，晨曦雾低迷。

层峦重叠嶂，此地巉岩奇。

一九八三年十一月六日

杨堤道上

进入尖山丛，万点笔峰青，
漓江无限美，岚顶雾空蒙。

一九八三年十一月六日

漓江舟中

一江碧水浮鸭绿，两岸翠竹夹松青。
高峰倒影穿天底，烟岚披雾插遥空。
九马画山呈拟态①，兴平佳胜倍峥嵘②。
三姐倩影无觅处③，留得漓江万古情。

一九八三年十一月六日

注：

①九马画山为江中一景，高峰壁上似呈九马状。

②兴平佳胜亦为江中一景，兴平为古镇。

③漓江到处有刘三姐传说，在古榕树下定情。

柳江饭店433号房间远眺

四野青山拔地起，槛外柳江几曲回。
烟波水色交映里，无限风光入户来。

一九八三年十一月九日

谒柳侯①祠

远过龙城地，前谒柳侯祠。

不仅雄文在，惠民更有诗②。

一九八三年十一月九日

注：

①柳侯：指柳宗元。

②柳宗元有教民掘井种甘薯诗。

黔南道中

车行缓缓早凌空，无尽梯田接远峰。

俯看百丈溪流碧，苗家住在半山中。

一九八三年十一月十日

晨起口占

晚上连宵雨，滴沥听未休。

天无三日晴，时余在贵州。

一九八三年十一月十一日

访红毡苗

红子①熟时访苗家，满坡青松满坡花②。

欢笑声中迎远客，悦目银环撮撮发③。

一九八三年十一月十五日

注：

①红子在贵州各地均有，系野生灌木，结密集小红子，颜色鲜艳，味酸可食。

②满坡黄色野菊花。

③姑娘们耳上戴有很大的银环，而发式如舟形，缠以黑布或白布，苗语称为撮撮发。

登昆明大观楼

儿时喜读髯翁句①，今日登楼兴更足②。

烟波浩渺八百里③，嫩黄香稻万顷熟。

金马碧鸡倚滇水④，蟹屿螺州绕平湖⑤。

指点西山无限乐⑥，忘却世事任沉浮。

一九八三年十一月二十日

注：

①幼时读《两般秋雨庵》时，得知大观楼上有孙髯翁长联一百八十余字。髯翁为清乾隆陕西三原人，以看相卜算为业。著有诗文集行世。

②指登上了宿愿已久的大观楼。

③引用对联中"八百里滇池奔来眼底"句。

④金马在滇池东，碧鸡在滇池西，系两山名，有人以碧鸡金马代称昆明。

⑤蟹屿螺州亦为对联中语，指述湖中小岛形状。

⑥西山名胜更多，风景更佳。

游石林

石林如林几多层①，笔峭群峦竞峥嵘。

撒尼争传阿诗玛，天公月老倍有情。

一九八三年十一月二十七日

注：

①石林为撒尼族居住区，面积约四十万亩，分大石林和小石林。

大理道上

万曲大理道①，苍松满翠坡。

仰面望青天，俯首瞰碧河。

路旁黄花好，崖下红叶多。

远客游兴起，忘却岁蹉跎。

一九八三年十一月二十九日

注：

①大理道即抗日战争时期之滇缅公路。

游南诏太和城

北客来游秋气高，白家儿女倍娇娆。

风撼洱海波方涌，雪映苍山寒不消。

千寻峻塔媲小雁①，中兴画卷写南诏②。

德化碑前重评审，殷殷诚子从唐朝③。

一九八三年十一月三十日

注：

①千寻塔多檐方形，形制似西安小雁塔。

②中兴二年（公元898年）画卷绘南诏细奴罗躬耕巍山，崇信观音等故事。

③德化碑文中记南诏对唐朝皇帝有"既御厚眷，思竭忠诚，子弟朝不绝书，进献府无余月"之语。

楚雄道上

盘桓凌绝顶，群峰眼底收。

晓雾浮窗外，霜满绿梢头。

一九八三年十二月四日

过乃托车站

纡回越岭又穿山，隧洞相连不见天。

彝家自有彝家俗，裹首披毡玉耳环。

一九八三年十二月五日

至沙湾前

麦绿连天际，仰首望群峰。

长桥飞架起，车行半山中。

一九八三年十二月五日

燕岗车站[①]

麦苗油菜露嫩黄，如镜绿水满陂塘。

天府之国非虚誉，修竹茂林绕山乡。

一九八三年十二月五日

注：

①燕岗以后为峨眉车站，附近既可去峨眉山，又可望川西平原，天府之国指此。

都江堰

西川平原受惠深，两千年来念李冰。

鱼嘴分江夸天巧，淘滩作堰见匠心。

一九八三年十二月十日

谒武侯祠

昭烈庙后武侯祠，一生自是帝王师。

鞠躬尽瘁昭百代，精英智慧永弗逝。

一九八三年十二月十一日

谒杜甫草堂

草堂早已成陈迹，于今不复见草堂。

诗圣大名垂宇宙，茂林修竹浣溪旁①。

一九八三年十二月十一日

注：

①浣溪即浣花溪。

过绵阳念佟玥

翘首望汉中，不见玥玥容。

母女诚寂寞，何时到山东。

一九八三年十二月十二日

过巨亭车站怀古

车中仰首望群峰，山上疏林叶早红。

六出岐山蜀道险，鞠躬尽瘁诸葛公。

一九八三年十二月十三日

秦岭吟

秦岭连云际，群峰无尽头。

峡底天一缝，唯见小溪流。

一九八三年十二月十三日

过秦岭车站后

众峰嶙峋齐柱天，车穿隧洞半山间。

满坡黄叶悬飞瀑，盘桓跃上几百旋。

一九八三年十二月十三日

过长安城

十一王朝作帝京，长安宫柳更抒情。

纵观历史三千载，秦人不愧是精英。

一九八三年十二月十三日

过新乡后车中东望

晓日疏林影，鸡鸣昧爽时。

晨起撼山力，奋斗不可迟。

一九八三年十二月十四日

书怀

云贵高原秦岭头，万里征程作壮游。

虔心求得新石器，从容以之比全球①。

一九八三年十二月十四日

注：

①目的在明确中国新石器在世界新石器中之地位。

伊尔62机中

逶迤天山眼底收，万里长空作壮游。

西域文物精华在，白龙堆里见海头①。

一九八四年八月一日

注：

①海头遗址在罗布泊旁，为魏晋治所。

交河城上

交河城上快登临，残垣断壁迹犹存。

遥忆唐设安西日，雪山葱岭尽归心。

一九八四年八月四日

登高昌城

白杨深处人家静，绿洲林里水更清。

热浪拂面火焰壁①，长垣大寺高昌城。

麴氏王朝成往迹，西州文书记前情。

早已忘却双鬓老，戈壁滩头正远征。

一九八四年八月五日

注：

①吐鲁番高昌城外有火焰山，由火焰壁得名。

戈壁滩上

黝石平无际，苍茫气蒸腾。

虽老雄心在，不怕千里行①。

一九八四年八月五日

注：

①从吐鲁番去高昌，又返乌鲁木齐，行程千里。

天池船上

山头积翠雪，天池水自清。

葱茏乔松好，人间广寒宫。

一九八四年八月十四日

过大碛忆史

热浪拂面过大碛①，思绪萦怀忘瓜香。

张骞定远忠汉主，细君解忧事乌王②。

武帝高宗能拓土，康熙乾隆胜开疆。

几人能识戍卒苦，历史是非待参详。

一九八四年八月十五日

注：

①车行吐鲁番哈密之间。

②乌王指乌孙王。

吐鲁番远眺

天山头上雪，大碛无际平。

不闻驼铃响，只听流沙鸣。

一九八四年八月十五日

柳园车站遐思

匈汉争战在祁连，戍卒边关遍烽烟。

于今西域成一统，不见胡马过天山①。

一九八四年八月十六日

注：

①天山，即指祁连山，为酒泉以南之高山，祁连为匈奴语，意即天音。

远眺三危山

三危山上流沙起，玉门长城动地来。

不闻阳关三叠曲，诗人有兴最开怀。

一九八四年八月十六日

访莫高窟

绿洲深处见明珠，金碧辉煌意匠殊。

涅槃空垂弟子泪，顶礼膜拜有千夫。

一九八四年八月十七日

墩墩汉烽燧顶上怀古

过碛跋涉抵敦煌，放眼烽墩映朝光。
祁连山雪沃陇土，阳关古道接大荒。
胡商贩客款塞下^①，别曲离觞天一方。
于今不复闻羌笛，绿洲深处见乔杨。

一九八四年八月十八日

注：
①用汉书语意。

黄羊镇上

东西两千里，河西大走廊。
祁连接朔漠，到处是绿乡。

一九八四年八月二十日

黄羊镇咏史

东西丝绸路，胡汉夺此乡。
亭障起盐泽，武帝拓远疆。

一九八四年八月二十日

过河口

栉比阶地远接天，大河万曲峡谷间。

黄土儿女育斯土，炎黄子孙遍大千。

一九八四年九月一日

过日月山^①

一片金黄色，青稞已早熟。

日月亭对峙^②，刻石记春秋^③。

一九八四年九月三日

注：

①唐文成公主入藏过此山。

②山上有日亭和月亭对峙。

③王震、廖汉生两将军过此刻碑。

日月山念文成公主

勇哉唐公主，行经日月山。

心存帝国业，万里去和番。

一九八四年九月三日

游青海湖

青海何由起，缘在青海头^①。

长江浪南下，黄河水北流^②。

鸟岛千羽去③，湖心万鳞游。

且作抒怀咏，此地已凉秋④。

一九八四年九月三日

注：

①青海省由青海湖得名。

②巴颜喀拉山为黄河与长江河源段的分水岭，南侧长江向南流，北侧黄河向北流。

③三月为鸟岛繁盛期，有鸟十余种，行人撞足，九月则候鸟已无多矣。

④日月山，青海湖九月亦甚凉，承高东陆同志借皮大衣，始免于冻。

附：张郁读青海诗后

展诵鸿程西海吟，潜鳞飞羽感浮沉。

年年空对边城月，辜负星槎夜夜心。

一九八四年九月四日

塔尔寺

宗喀巴生处，黄教始此间。

跪拜诸众生，可见其诚虔。

一九八四年九月四日

去民和

湟水两岸遗址多，远道驱车下民和。

马厂彩陶诚悦目，兴之所在且放歌。

一九八四年九月十一日

柳湾夜宿

小院山庄曲径幽，高天月影照凉秋。

悠然横卧湟水上，柳湾石器在心头。

一九八四年九月十一日

过青白石车站

黄土原头上际天，长川万点是沙田。

滔滔大河东去也，子孙绵衍遍大千。

一九八四年九月十五日

过土龙川站

土屋平顶是人家，川润两岸见粟麻。

塬头如海出万壑①，草丛间杂野菊花②。

一九八四年九月十五日

注：

①指黄土塬顶。

②野菊花紫色。

过狄家台

塬头如海万壑间，层层黄土接远山。

敬问华族起源事，大河两岸是乡关。

一九八四年九月十五日

过长流水

起伏大漠无际涯，巧组草网锁黄沙。

改造自然需妙手，从此塞上亦飞花。

一九八四年九月十五日

访石空寺

稻浪千重江南风①，踏沙拾级访石空。

三寺相接中寺好，辉煌佛画露殊容。

一九八四年九月十六日

注：

①宁夏称塞北江南。

俯瞰西夏王陵

贺兰云淡抹长空，眼底王陵荒漠中。

百座封堆陪葬冢，九处高丘地下宫。

聘宋使辽接东土，断阙残垣立西风。

夏国胜迹徒凭吊，李氏皇家气早终。

一九八四年九月十七日

晨起雨中游宁夏中山公园

昧爽鸡鸣烟雨天，台榭池旁系画船。

湖柳忘却秋意早，绿荫深处意盎然。

一九八四年九月二十一日

登水洞沟明边墙

残垣逶迤望明边，於今不复见烽烟。
牛羊布野轻移步，大漠沙蒿是胡天。

一九八四年九月二十二日

西北行

西北征程万里行，老大犹抒壮志情。
天池湖中寒彻骨①，火焰壁下热如蒸②。
日月山头农牧界③，水洞沟层旧新分④。
且将石器开新智，矻矻孜孜慰平生。

一九八四年九月二十三日

注：

①游乌鲁木齐郊野天池，下面虽酷热，但上面天池独寒，湖中尤甚。

②吐鲁番火焰山下气温 42℃，热浪蒸人。

③青海湟源县日月山为唐文成公主进藏之路，其东药水湟水为农业区，其西为藏民牧区。

④水洞沟 7 层钙质结核层为旧石器时代晚期，6 层砾石层为新石器时代早期。

过河套咏史

大漠黄沙秋气清，河套访史作壮行。
引弓国里事游牧，冠带群中业农耕①。
持旌驱犊子卿节②，过苑长哭匈奴情③。

烽燧早已熄火苣，牛羊布野满边城。

一九八四年九月二十四日

注：

①引弓之民，冠带之室，见《汉书·匈奴传》。

②苏武字子卿。

③阴山为匈奴苑囿，失阴山之后，过之无不哭也。

过居庸

叠萃群峦树葱茏，椎轮缓缓过居庸。

北门锁钥拱燕土，几代兴亡泣秋风。

一九八四年九月二十五日

国庆三十五周年前夕
与庆洲游天安门

日丽天高秋色新，一片花城已醉人①。

盛世躬逢书生乐，功超旷代倍可钦②。

一九八四年九月二十九日

注：

①从西北万里归来，见京中到处是花，为迎接国庆三十五周年。

②党的十一届三中全会以来所取得的成就，超过以往任何时期。

贺仰华曹青新婚

云淡天青北雁高，燕尔新婚喜儿曹。

花烛洞房铺锦锈，且看长进待明朝。

一九八四年十月二日宴席归来

游未名湖

漫步疏林里，抚松几盘桓。
春风虽飑戾，未名冰已残。

一九八五年三月四日

雍王府村边闲步

叠翠西山暮色浮，无垠麦浪正油油。
花树新居农家乐，不忮不求轻王侯。

一九八五年五月十八日

香界寺小坐

山风轻拂面，静听松涛声。
人间无觉境，积健以为雄。

一九八五年五月十八日

春吟

阶前蒿发报春早①，和煦阳光入户来②。
怡兴满怀舒眉宇，乐绿堂③前小徘徊。

一九八六年三月三日

注：

①今日于阶上始见蒿草已绿。

②阳光入户晒得暖洋洋。

③家中书斋名乐绿堂，以小院葡萄青碧，核桃成荫也。

狼窝铺站远眺

平畴千顷露黄沙，疏林深处见人家。

山隐空蒙晨曦里，柳丝披绿吐新芽。

一九八六年四月三日

喜小院^①春意

晨与庆洲游日坛归来，闲赋。

一夜京城满树花，春回大地到万家。

核桃亭立放新叶，枸杞几丛吐嫩芽。

困学斋中^②抒壮志，乐绿堂前感物华。

且将奋笔书远古^③，漫步日坛任婆娑。

一九八六年四月六日

注：

①北京东总布胡同弘通巷一号。

②考古所书斋名。

③正写《中国新石器研究》。

再过雍王府村

去年雍王府村行，校勘百科宿戎营①。

今朝又上西山路，平畴千顷麦青青。

一九八六年四月十日

注：

①一九八五年五月因校勘大百科全书考古卷，宿于北京军区招待所，晚饭后常游雍王府村。

偕庆洲游八大处

春满西岭柳垂丝，且向碧坡觅小诗。

三山庵①静松涛响，灵光塔②影映莲池。

大悲寺③里多尊者，龙王堂④外飞来石。

俯瞰京华觉盛世，无限欣喜慰今兹。

一九八六年四月十日

注：

①三处。

②二处。

③四处。

④五处。

与庆洲和健华仰华游天坛

春满圜坛御路长，参天古柏荫红墙。

祈年殿接回音壁，双环亭联几曲廊。

榆叶梅红胜朱丽，迎春花簇似鹅黄。

更喜梨蕊一堆雪，且乐天伦卧树旁。

一九八六年四月十三日

见赵万财父有感

十年劫灰死无辜，老翁呼儿抢地哭①。
怒向天公问真理，且献小诗祭吾徒。

一九八六年四月二十三日

注：

①赵万财君，四平人，"十年内乱"前为吾研究生，一九七一年因清查"五一六"，缢死于信阳明岗军营，今天又见其父以衰老之身，来所请求帮助。

与庆洲看中山公园牡丹

紫禁城开访故宫，姚黄赵粉①笑春风。
星际苍茫怀遐想，人在大千变态中。

一九八六年五月四日

注：

①姚黄、赵粉，牡丹花名。

过午门

往事回首三十年①，今朝又过午门前。
且奋老笔抒壮志，斯文不泯在立言。

一九八六年五月四日

注：

①一九四九年至一九五九年曾在故宫午门前北京历史博物馆工作。

望西院芙蓉

一树红云芙蓉开，清香四溢过房来。

万物生机无限意，更喜阶前满碧苔。

一九八六年五月十五日

延庆道上

重峦叠嶂碧坡青，万曲千回绕山行。

一片柿林成野趣，几株槐花好抒情。

京华屏障赖燕岭，塞北重铺过延庆。

初夏放怀歌游远，村舍鸡鸣气自清。

一九八六年五月二十二日

玉皇庙墓地忆山戎

军都山外草青青，种菽牧马忆山戎。

佩剑挽弓雄风在，千里驰驱笑桓公。

一九八六年五月二十二日

与庆洲和佩华佟玥游天坛

还是这次逛天坛，抱孙偕子自陶然。

天伦之乐无尽意，不觉熏风遍人寰。

一九八六年五月二十五日

日坛清晖亭上

万绿丛浮清晖亭，蹁跹乳燕别有情。
一曲胡琴声激越，行乐及时早忘形。

一九八六年六月八日

送庆洲出塞避暑[①]

宿雨初收乍放晴，殷殷送卿出塞行。
半生团聚憎分袂，无限依依惜别情。

一九八六年七月四日

注：

①斯日健华来迎庆洲赴张家口避暑，想辽代皇帝避暑鱼儿泺，当一片清凉景色也。

院中小坐

夜色昏茫荫太空，静听唧唧促织声。
闲坐凝思无底事，不羡道长不羡僧。

一九八六年八月二十五日晚

103路车站黎明东望

东方抹红霞，大千又喧哗。

无限生机意，人生感物华。

一九八六年八月二十八日晨

偕庆洲和伟华仰华游白云观

空蒙烟雾映燕天，白云①广厦连千间。

戒杀数谏元太祖，跋涉万里丘神仙②。

清静无为情自得，道骨仙风寸心间。

驻鹤藏经花木里，同行妻女尽开颜。

一九八六年九月六日

注：

①白云观唐为天长观，盛于元，以迄明清未衰。明正统道藏藏于此。分东路、中路及西路，观内有明清及民国碑碣不少。

②成吉思汗尊称丘处机为丘神仙，曾携之到中亚。

在三叉戟上

三叉穿云起幽州，九重逍遥任遨游。

蓝天浮起千堆雪，凌水萦徊几曲流。

临窗俯瞰外八庙，轻机早已过怀柔。

今夜又宿故乡地，一轮明月照凉秋。

一九八六年九月十六日

南湖剧场看芭蕾舞《梁祝》

婆娑舞踊寄情怀，寒窗剪烛雪飞白。

阎罗礼教骷髅泣，化蝶双双上天台。

一九八六年九月十七日

中秋步月

千里遨游御长风，八月中秋到辽东。

低头沉痛忆沦陷，仰面嘘唏望蟾宫。

北国大会情有限，南关小聚乐无穷。

忍看少女成老媪，人在广宇变态中。

一九八六年九月十八日

谒太祖陵

秋阳和煦松风清，千里来谒太祖陵①。

赫图阿拉肇基业，萨尔浒役定鼎功。

一九八六年九月十九日

注：

①沈阳东陵即福陵。为清太祖努尔哈赤陵。

游牛河梁

车中遥觇旧学堂①，黍粟高低菜花香。

石柱擎天东山嘴，松林荫坡牛河梁。

积石大冢成陈迹，土偶一丘待参详。

回首卅四年前事，白狼水北任徜徉。

一九八六年九月二十二日

注：

①见原执教凌源中学旧址。

热水汤小浴

两旁粟黍好风光，偷闲小浴热水汤①。

汗滴凝滑出泉后，消尽疲惫日月长。

一九八六年九月二十二日

注：

①热水汤温泉在凌源北 17.5 公里，调温后高 42℃。

再访天民先生

淡泊为怀不忮求，清净一生乐无忧。

上品高风昭来者，于今已是八四秋。

一九八六年九月二十二日

过包官营望晨曦

白云烟雾两空蒙，黎明东方彩霞红。

忽见大地金黄色，高粱粟稷兆年丰。

一九八六年九月二十四日

送庆洲之南昌

秋深庭浮菊花香，夜半送君之南昌。
赣江两岸风光好，暂释忧心奉一觞。

一九八六年十月二日

抵中州咏史

菊蕊黄时正深秋，黎明窗外望中州。
王都早已成陈迹，多少兵戈多少愁。

一九八六年十月九日

晨过黄河

半轮红日映朝霞，大河奔流到天涯。
咆哮声中几千载，柳荫深处是农家。

一九八六年十月九日

裴李岗遗址抒怀

几行雁阵上南天，一群童子追车前。
扬场农老秋收乐，捣衣姣颜气自闲。
洎水环流高丘在①，白杨并立故城间②。
低首怀思七千载③，遥想兵戎毁郑韩④。

一九八六年十月十一日

注：

①裴李岗遗址傍洧水。

②郑韩故城墙上多植白杨。

③裴李岗文化已是七千年矣。

④郑国与韩国在春秋战国之际，屡遭兵燹。

大河村遗址路上

稻浪起伏下中州，白云蓝天两悠悠。

无垠黄土育华夏，大河儿女五千秋。

一九八六年十月十四日

过商丘

天地悠悠几千秋，霏霏细雨过商丘。

殷代先王尝居此，始知肇业在平畴。

一九八六年十月十六日

在曲阜仰斯人

万千思绪仰斯人，哺育中华民族魂。

祖述六经垂千古，玉振金声集大成。

一九八六年十月十八日

游孔林颜庙周公庙少昊陵后

参天古柏瓦玲珑，曲阜城内沐儒风。
仲尼兴学得孔庙，伯禽封鲁祀周公①。
颜回巷陋乐瓢饮，少昊陵高赖石工。
中华根底伊何在，道德伦常恕与忠。

一九八六年十月十八日

注：
①周公子伯禽仕鲁，因祀其父。

谒孔庙

金声玉振石坊前，大成龙柱起飞檐①。
四科施教实弘道②，六艺传经在杏坛③。
首创儒家垂宇宙，宣扬忠恕满人间。
师表万世诚有故，无限精华在内含。

一九八六年十月十九日

注：
①大成殿黄瓦飞檐。
②四科为德行、言语、政事、文学。
③六艺为礼、乐、射、御、书、术。

谒孟庙

桧柏葱郁直插天，红墙广厦连千间。
号封亚圣大元后，公墙邹国宋朝前。
游说诸侯抒壮志，著作七篇在暮年①。

仁政总应垂千古，霸道虐民自成烟。

一九八六年十月二十一日

注：

①孟子七篇。

夜宿王家祠①

脱却尘寰地，方庭赤棟间。

悠然卧其中，夜听雨声闲。

一九八六年十月二十一日

注：

①光绪年石碑记为湖北盐法道王惠槐祠。

念滕国

滕国铜器在，高垣故垒前。

齐楚交争地，弹丸亦堪怜。

一九八六年十月二十一日

过薛城

薛国有孟尝，弹铗好凄凉。

今来观故址，蜿蜒黄土墙。

一九八六年十月二十一日

访北辛遗址

稻绿草黄秋已深，坝上对岸是北辛。

回首遥观六千载，磨盘石棒永相亲。

一九八六年十月二十一日

过泰山

红叶青松九月天，车中悠然望泰山。

凌顶莫说天下小，须知山外更有山。

一九八六年十月二十二日

与佟玥参观李清照祠

清照祠旁趵突泉，一代词人①出济南。

忧国偏安三千里，离乱漂泊自堪怜。

一九八六年十月二十四日

注：

①郭沫若对李清照有"一代词人"的题词。

与佟玥游大明湖

烟雾苍茫晨曦时，湖光松色柳垂丝。

骄阳和煦秋兴好，且乐天伦觅小诗。

一九八六年十月二十六日

过蚌府前

朝霞映疏林，麦苗嫩绿新。

霜凝草梢白，窗外秋色深。

一九八六年十一月一日

过长江大桥抵南京车站

浩瀚长江接大荒，石头城外莽苍苍。

还是江南景色好，深秋已可见春光。

一九八六年十一月一日

与庆洲游西湖

偕游西湖何快哉，湖光山色任徘徊。

潭底明月清清影①，塔外涛声滚滚来②。

偏安江左悲宋帝，称雄北国赞金才。

红叶黄菊送往事，且赏烟霞草露白。

一九八六年十一月五日

注：

①三潭印月。

②六和塔外听钱塘江涛声。

西湖晨雾

烟波粼粼雾空蒙，宿雨连宵不放晴。

隐约山形抒翠黛，香柚高垂柳丝青。

一九八六年十一月五日

与庆洲谒绍兴鲁迅先生故居诗二首

一

水乡鱼米显平畴，地灵人物自风流。

呐喊高声唤群众，阿Q剖析为国忧。

千夫早已成粪土，孺子于今献佳猷①。

一代文豪高今古，先生犀笔胜春秋。

一九八六年十一月七日

注：

①先生有"横眉冷对千夫指，俯首甘为孺子牛"句。

二

稻黄竹绿河无涯，水乡鱼米感物华。

三味书屋刻早字①，百草园中弄胡叉。

咸亨酒店念乙己②，祝福文章写林家③。

血荐轩辕抒壮志④，故园风雨费咨嗟。

一九八六年十一月七日

注：

①见三味书屋鲁迅先生书桌上刻有一"早"字。

②同情孔乙己遭遇。

③写祥林嫂。

④先生二十一岁时写有"灵台无计逃神矢，风雨如磐暗故园。寄意寒星荃不察，我以我血荐轩辕"诗。

与庆洲游兰亭

山阴道上众山青，兰溪激湍照兰亭[①]。
崇山峻岭风更畅，茂林修竹气自清[②]。
曲水流觞诗境里，鹅池碑下迹可征。
二王历代称书圣，矫若惊龙笔墨情。

一九八六年十一月七日

注：

①兰亭在绍兴西南十三公里兰渚山下。

②王羲之《兰亭序》有"永和九年，岁在癸丑，暮春之初，会于会稽山阴之兰亭，修禊事也……此地有崇山峻岭，茂林修竹……仰观宇宙之大，俯察品类之盛，所以游目骋怀，足以极视听之娱，信可乐也"。

过禹陵

或谓会稽是禹陵[①]，环山绿树色犹浓。
汉刻窆石依然在，人民万世仰大功。

一九八六年十一月七日

注：

①禹陵在绍兴东南六公里会稽山麓，并有禹庙。窆石为下葬工具，多汉以后刻词，环陵为会稽山脉，景色清幽，又一胜地。

重上苏公堤

重上苏公堤[①]，层峦叠嶂西。
柳丝垂湖面，佳兴更相宜。

一九八六年十一月八日

注：

①记得一九五三年、一九七四年、一九八一年均游过苏公堤，此行已第四次矣。

车过丹阳晚眺

赤日落西方，晚烟接大荒。
白楼拔地起，牛饮小溪旁。

一九八六年十一月九日

过济南望日出

东方鱼腹一抹平，山峦疏林尚隐形。
乍见万道金光起，红霞捧出太阳君。

一九八六年十一月十日

磁山道上

前上磁山路，慌慌地震中①。
今上磁山路，故戚御长风。

一九八六年十二月三日

注：

①一九七六年避地震于武轨中孔壁，故戚尚健在。

登磁山遗址

西望太行插云峰，一碧蓝天接太空。

磁山有意迎北岭，洛河无恙过冀中。

榛莽先生遗址在，武灵跃马赵王宫。

人间沧桑变幻里，窃喜史事传无穷。

一九八六年十二月五日

登赵王城

断垣残垒紫气终，几度徘徊感慨中。

白杨远近千官署，麦色青黄诸王宫。

完璧归赵诚豪气，胡服骑射见雄风。

历史必将成陈迹，人间演变更葱茏。

一九八六年十二月八日

过冀中

冀中①千里大平原，晨雾低迷远接天。

垛垛棉花飞白雪，青青麦色铺陌阡。

卧牛城里梧桐路，沙河县外砾石滩。

疏林衰草成野趣，南北驰驱不计年。

一九八六年十二月十日

注：

①一九八六年十二月十日从邯郸乘车抵石家庄,过永年县、沙河县、邢台市、内丘县、临城县、高邑县、元氏县、高迁县、获鹿县九县冀中平原之地。

赏晨雪

片片梨花满松枝，晶莹冰屑压柳丝。

大千一夜银装后，无限洁白好吟诗。

一九八六年十二月二十七日

与庆洲看日坛花会

玉兔嫦娥彩灯多，火树银花照天河。
还是京中游兴好，正月十五扭秧歌。

一九八七年二月八日

廊下漫步

古栋朱梁笑颜开，无限阳光入户来。
虽然已当退休后，惊蛰初起满春怀。

一九八七年二月十八日

晨雨后上班路上

雨洗蓝天满碧空，风吹佳木更葱茏。
身经画眉歌声里，人在春光万态中。

一九八七年三月十六日

日坛亭上望春

画栋朱梁小桥前，几曲池中碧波涟。
满枝杨花垂虫象，摇曳柳丝气自闲。
日坛冬去仍旧貌，大地春回换新颜。

清庭王气早消歇，淡泊书生正奋鞭。

一九八七年三月十七日

望蒿志感

拨土舒芽见野蒿，绿露阶前报春潮。
静观无限生机意，老夫岂肯让野蒿。

一九八七年三月十九日

送庆洲之并

紫禁城外柳垂丝，正是京华春满时。
远游黄土高原上，姊妹情深君自知。

一九八七年四月六日

参观库伦辽墓壁画①

捺钵春水又秋山，车帐毡庐大漠间。
驱犊髡首牧民乐，草原佳境碧蓝天。

一九八七年四月七日

注：

①哲里木盟库伦旗前勿力布格四座辽墓壁画高大，人物皆似真人，有出行、出猎、门神诸像，于故宫绘画馆展览。

西小院晚上闲步

青松翠柏又丁香，迎春怒放花正黄。

主人不知何处去，曲径沧凉入画堂。

一九八七年四月十九日

与仰华曹青逛天坛

参天古柏气自新，探幽胜处双圜亭。
桃红丛里李花白，几台大戏听须生^①。

一九八七年四月二十日

注：

①天坛南侧廊下有几处唱老生戏者。

送庆洲之鲁

望穿延安首^①，悠悠几经年。
於今皆大喜，母子聚济南。

一九八七年四月三十日

注：

①佩华一九六八年去延安赵家沟插队，历尽艰辛。今已到山东济南工作，庆洲前往看望。

过巩县看窑洞

巍巍峡谷碧坡斜，窑洞深处是人家。
黄土儿女颜如玉，华夏精英华夏花。

一九八七年六月七日

过洛阳咏史

麦浪无垠沃野绿，浊浪排空大河黄。

鼎彝商器出郑市，龟版契刻见安阳。

十万佛陀雕洛岸，千官荒冢起北邙。

王朝更迭历九代，春秋有情几沧桑。

一九八七年六月七日

洛郊

人道东都称牡丹，伊洛交汇接涧瀍。

万顷麦浪诚殷富，始晤王京建此间。

一九八七年六月七日

华山道上

千古西岳直柱天，叠嶂重峦远衔山。

悬崖万仞纵沟壑，云烟一片绕峰巅。

林海碧波隐古镇，麦浪金黄过渭南。

娇杨并立林荫道，阶地层层好梯田。

一九八七年六月八日

在成都

绿畦晨雾似薄纱，锦官街上感物华。

白腊树茂如堆雪^①，夹竹桃红胜朝霞。

桥上清风吹酷暑②，江流波涌过众家。

且喜蓉城春意满，漫步小衢忘日斜。

一九八七年六月九日

注：

①川大白腊树，满树白花如雪。

②锦江桥上风清气爽。

九眼桥畔（锦江）与巴蜀书社
川大历史系诸君小酌

午夜车开昼过秦，锦官城内碧森森。

唯写族乘昭来者①，愧无彩笔益后生。

且将小著酬心力，聊以浊酒奉佳宾。

苍天总有悯人意，喜满胸怀是老身。

一九八七年六月十日

注：

①拙著《中国边疆民族物质文化史》约 60 万字。

过江油

云从山头起，河傍悬崖流。

自古争战地，不觉过江油。

一九八七年六月十一日

过广元

夹竹桃红车道边，凭窗远眺万重山。

茂林绿满农家院，村女插秧小畦间。

一九八七年六月十一日

过嘉陵江

谷深流急望嘉陵，白沙黄水两岸青。

蜀道之难登天喻，云绕峰峦不见晴。

一九八七年六月十一日

秦岭书怀

华夏走向亘东西[①]，高悬白练隐小溪。

波撼嘉陵摇地轴，云横秦岭见天低。

三顾草庐情殷切，六出祁山志不移。

千古英雄悲壮事，厌闻杜鹃几声啼。

一九八七年六月十一日

注：

①在中国地质构造上，秦岭为华夏走向。

过铁门

苍茫晨露冷，云雾透疏林。

远山含翠黛，近水流无垠。

一九八七年六月十二日

过郑州黄河

直下高原汇百川，东临瀛海西接天。

泥滚沙流诚苍莽，波涌涛黄广无边。

百代先民仰斯土，中华文明好摇篮。

伟哉史乘传久远，荣发欣向亿万年。

一九八七年六月十二日

宿老虎山晨起

兴高不觉日如梭，初伏风凉好放歌。

石垣蜿蜒囷村址，鬲上垂纹似曲蛇。

迂回穿行叁合泾，烟云浩渺岱海波。

夜宿老虎山头下，遥望低丘漫岭多。

一九八七年六月二十八日

登老虎山远眺

满坡绿草放紫花，阶地白灰面①作家。

犹有先民石垒在，远山平畴伴黄沙。

一九八七年六月二十八日

注：

①白灰面为居住址。

老虎山工作站晨望

雨后坡草青，闲听布谷声。

寂寞山村远，不见路人行。

一九八七年六月三十日

过三庆山中①

一片黄花间紫花，远近山村四五家。
驴食坡草悠闲态，野鼠路旁掘白沙。

一九八七年六月三十日

注：
①三庆为乡，在凉城东南20公里，昔为鲜卑人游牧之所。

过大青山

大青山外众山青，小溪潺潺万曲行。
坡上嫩绿初雨后，天籁俱寂不闻声。

一九八七年七月一日

在集宁市

集宁岭上好风凉，夹道白杨野花香。
平地泉娇红颊色，黄尘滚滚见沙荒。

一九八七年七月一日

庙子沟行

千里驰驱阴山青，更喜庙子沟头行。

北风吹起伏中冷，尘土飞来面不清。

黄旗浩瀚摇察右^①，岱海波涌撼凉城。

几群牛羊食坡上，一行沙迹闻驼铃。

一九八七年七月三日

注：

①察右为察哈尔右翼前旗。

塞上曲

忘却白发作壮游，草原广漠接低丘。

浑善大碛连天际^①，阴山苑囿有泪流。

匈奴鲜卑消史乘，突厥契丹著春秋。

引弓纵马长城下，惊动中原几百州。

一九八七年七月三日

注：

①浑善大碛，即浑善达克沙漠。

过察哈尔右翼后旗草原

天淡云白气更清，大漠之游慰平生。

海子几点布碛上，沙阵数行傲长空。

牧群归来夕照晚，沙蒿雨后色更青。

夜半飞驰五百里^①，草原弯月正如弓。

一九八七年七月四日

注：

①因找发现那日格日乐细石器遗址的王新宇同志，七个小时飞车至五道湾，归察右后旗招待所已经是午夜十二点矣。

过土默特旗

大青山下满白沙，远近荒村四五家。
还是后套河岸好，麦浪黄时映葵花。

一九八七年七月八日

包头近郊

沙尘横漂扑面来，天晕日暗眼不开。
黄土儿女几千载，悠然自得好快哉。

一九八七年七月八日

宿包头文管会

朱梁画栋草如茵，小亭曲径费诗吟。
四壁空旷松疏落，忘却尘寰一片心。

一九八七年七月九日

看阿善遗址

阿善沟门泉水清，敖包之上见石城。
一曲黄河东流去，无限悠悠远古情。

一九八七年七月十一日

登固阳北窑子湾秦长城

大漠黄沙伏中寒，障上征戎几人还。
塞上引弓兼秣马，长城填谷又堑山。
头曼北却七百里，蒙恬将兵三十万。
安得止戈畜布野，匈秦一家不闭关。

一九八七年七月十三日

再过居庸

陡峭双壁过居庸，长城万曲惊神功。
北门锁钥今已矣，徒留山树更葱茏。

一九八七年七月十四日

阶前闲坐

核桃压满枝，葡萄垂青实。
撒米石阶上，偷看鸟啄食。

一九八七年七月十六日

过马三家

玉米扬花傍稻畦，一片绿野见天低。
又在东北征程上，车中不觉过辽西。

一九八七年八月四日

南满平原

如潮玉米正扬花，禾稼葱茏感物华。

思绪万千沦陷史，村头寂静见农家。

一九八七年八月四日

登白城金会宁府址

久知会宁在阿城，四十年来成此行。

城垣起伏宫阙远，禾黍高低旷野平。

肇兴宛如乔松影[1]，哀叹不闻本族声[2]。

金人变化沧桑里，登台凭吊不胜情。

一九八七年八月七日

注：

[1]大金得胜陀颂碑，有"太祖（阿骨打完颜旻）在高阜上，圣质如乔松之高，所乘赭白马亦如冈阜之大"之句。

[2]大定二十五年（公元1185年）金世宗抵上京已不闻本族歌声，恻然于思，颇感风物减耗，殆非昔时。

谒金太祖陵

完颜旻冢成高丘，得胜陀碑立涞流。

一代肇兴成帝业，首捷定鼎宁江洲。

一九八七年八月七日

过帽儿山

红岩深处帽儿山，苍松直插碧峰巅。

绿野无限生机意，忘却尘寰见大千。

一九八七年八月十一日

过苇河

暮霭苍茫里，草椽四五家。

一片乔松翠，农女正驱鸭。

一九八七年八月十一日

宿兴隆寺①

五重圣殿野草深，四囿佳处是疏林。

渤海石灯今犹在，闲坐碑前听鸟音。

一九八七年八月十二日

注：

①清兴隆寺即宁安东京城渤海镇南大庙。

镜泊湖上

曲径苍松接碧空，满山佳境与人同。

镜泊庄里多清趣，望湖楼上却暑风。

江涛直下激飞雪，波光巧映现彩虹。

赤足涉水欢笑里，淡描画卷赖天公。

一九八七年八月十三日

登渤海上京龙泉府址

宫馆苑圃蒿草生，长安城坊见遗风。

海东盛国称大氏，五都首府推上京。

长白群峰环四野，牡丹江流绕孤城。

一片痴情寻胜迹，忘却年华不计程。

一九八七年八月十四日

过张广才岭

云伴峰峦起，雾从林梢生。

清澈溪头水，乔松倍有情。

一九八七年八月十五日

大兴安岭上怀史

兴安岭上木森森，猎人牧民隐现身。

草甸黄花牛群影，铁舌铜铎驯鹿音。

拓拔鲜卑成旧迹，鄂温克族气更新。

史事沧桑变幻里，后院前院喻自真[①]。

一九八七年八月十六日

注：

①翦伯赞先生在《内蒙访古》中，谓蒙古源于呼伦贝尔草原额尔古纳河，喻为后院，上都大都喻为前院。

兴安岭车站

重峦白桦冻土沙，一片黄花又紫花。

还是山中风物好，举头望不到天涯。

一九八七年八月十六日

访嘎仙洞①

伏中斯土尚微寒，曲径桦林访嘎仙。

启辟旧墟祖宗业，光宅中原帝王天。

祝文远征东胡事，石刻镌自魏武年②。

鲜卑似犹居石室，兴安岭上满云烟。

一九八七年八月二十日

注：

①嘎仙洞在内蒙古呼伦贝尔盟鄂温克自治旗阿里河镇西北 10 公里。

②北魏太武帝拓跋焘祝文石刻，镌于太平真君四年（公元 443 年）。

游龙沙公园

习习吹来卜奎风①，伏日一片绿荫浓。

湖光柳色掩映里，更喜小榭浮水中。

一九八七年八月二十二日

注：

①卜奎即齐齐哈尔旧称，有风刮卜奎谚语。

鹤城车站咏送别

车下早掩面，车上泪湿襟。

无限离别意，天下亲子心。

一九八七年八月二十三日

过大庆

初秋已见荻花开，几度盘桓大雁来。

还是黑鸭游兴好，红掌拨波自快哉。

一九八七年八月二十三日

过松花江

松花江上漾清秋，万顷波涛眼底收。

交流融合自常道，肃慎猎民早朝周。

一九八七年八月二十三日

本溪路上

峦峰几重伴溪流，满山碧透不觉秋。

高楼拔地任起伏，市声喧嚣喜遨游。

一九八七年九月四日

安东道上

叠嶂连峰四野间，朱实黄花满雄关。

凭窗远眺多怡趣，轻车已过凤凰山。

一九八七年九月六日

大东港远眺①

浩瀚黄海远无边，白鸥戏水自悠然。

波撼涛涌大东外，点点风帆打渔船。

一九八七年九月七日

注：

①大东港在东沟县城东约 10 公里。

后洼遗址夜宿①

稻浪起伏已秋深，晴空皓月照果林。

蓼花开处红如火，梨子熟时黄逾金。

席纹刽点特征在，纲坠磨盘标志真。

闲卧后洼不觉晓，彻夜清听众蛰音。

一九八七年九月九日

注：

①后洼遗址在东沟县三家子之后洼地旁高岗上，距今约六千年。

渤海贡道上^①

对对青虾上市时，正是持螯菊放期。

洋河映日荒村远，孤山观涛觉天低。

会主浮海存墓志，崔忻凿井有旁题。

深秋驰驱贡道上，征途露冷早闻鸡。

一九八七年九月十日

注：

①《新唐书·地理志》渤海朝贡道也，有青泥注、桃花堡诸称。与今日丹东到大连公路相当。

横渡黄海

碧波激白雪，涛平觉天低。

朝霞红日近，船已到海西。

一九八七年九月十五日

南长山岛上

浩渺烟波自开怀，为寻胜迹独登台^①。

武帝楼船浮海去，盛国交关输铜来。

北庄先民喜采集，长岛渔人尚捕获。

鸟湖涛涌连辽北，回首历史几徘徊。

一九八七年九月十七日

注：

①长岛县博物馆在高台地上。

登庙岛

碧海蓝天一叶舟①，大千无限觉心头。

天后宫昭征客远，小岛白沙景自幽。

一九八七年九月十九日

注：

①由宋承钧馆长掌舵。

蓬莱阁上远眺①

飞阁流丹临海东，骇浪惊涛起秋风。

秦皇求药三山外，戚帅练兵水城中②。

一叶渔舟祈天后③，五日知府有坡翁④。

蓬莱仙境游兴里⑤，白鸥飞处晚霞红。

一九八七年九月二十日

注：

①蓬莱阁在山东蓬莱县，海拔高约七十米丹崖上。

②戚继光墓在蓬莱县南十里。戚继光曾在蓬莱阁旁水城练兵。

③天后宫祀水神娘娘。

④蓬莱阁有卧碑，上刻苏东坡在蓬莱为官五日，观海上幻景诗。

⑤蓬莱阁上有清铁保书"蓬莱阁"三字，董必武书"丹崖仙境"四字。

十笏园①

十笏园中竹影斜，绿桔红柿伴黄花。

还是板桥遗墨好，潍县七载憎宦家。

一九八七年九月二十五日

注：

①十笏园清光绪为丁家园林，今为潍坊市博物馆。

日坛题句

翠柏苍松映绿波，碧瓦红墙自巍峨。

逸兴遄飞秋色里，丹枫黄叶好放歌。

一九八七年十一月七日

病后探园

小园绿色满，迎春发几枝。

丁香吐紫意，阶草露青时。

曲径通幽墅，圃树正含滋。

悠然天地间，病后喜觅诗。

一九八八年三月二十七日

病中口占

独坐空堂下，核桃发虬枝。

雨捍清竹影，鸟啸唤成诗。

一九八八年六月六日

坠雏

忽闻家雀喧，幼雏坠窗前。

老鸟频接引，情深亲子间。

一九八八年六月六日

读安西都护府额之发现有感

将军金鼓天山来，戍卒呜咽动地哀。
都护额出千载后①，明月依然照轮台。

一九八八年七月十七日

注：

①《光明日报》一九八八年七月十七日一版有"都护额匾千年在"题目，记新疆轮台群巴克乡发现两副戍卒木棺，一块侧板上阴刻"安西大都护府"六字，下刻"东至乌垒营五里，西至守捉六十里"十四字。

伟华家晴冬园楼晨望

苍茫烟树早霞开，西山排闼入户来。
无尽梢头绿意满，红花几点是新栽。

一九八八年八月二十日

与庆洲和子安

刘畅游元大都城址公园

小月河畔柳丝长，绿树丛中隐元墙。
蓟门烟树碑犹在①，风物无多感沧桑。

一九八八年八月二十日

注：

①蓟门烟树碑为乾隆御笔。

院中西园秋色

翠柏孤高傲长空，碧竹亮节自不同。

还是秋光无限好，更喜红叶满丹枫。

一九八八年十月四日

读中日联合探险踏勘楼兰消息感怀

大漠楼兰已秋深，于今又见斯坦因。

奸宄无由盗文物，学人悠悠爱国心。

一九八八年十月五日

登日坛朱亭

旧路依稀识落花，登台独眺远天涯。

几丛红叶深秋里，夕阳高桧看昏鸦。

一九八八年十月三十日

逢雪

洒洒扬扬扑面来，雪树胜似梨花开。

大千霎时成净土，旱魃远遁好抒怀。

一九八九年一月六日

上班晨路

腊月黎明寒未收，隔窗遥望月如钩。

骥老犹怀千里志，不完石器手不休①。

一九八九年二月四日

注：

①正写《中国新石器研究》书稿。

长沙车中

考古会议去长沙，北望燕云无际涯。

车行冀中平野上，人过黄鹤楼头下。

岳阳楼记成绝唱，洞庭波涌状雪华。

橘子洲旁春意满，四壁苍山种绿茶。

一九八九年五月十一日

蓉园午卧

楼台隐现绿丛中，湘雨随风任空蒙。

远客闲卧蓉园①里，午梦初闻黄鹂声。

一九八九年五月十二日

注：

①长沙蓉园为第七届考古会议地点。

晨起小坐

闲坐静听群鸟喧，雨过百卉尽开颜。

茂林修竹流碧翠，枝头青杏满窗前。

一九八九年五月十三日

晨卧

闲卧竹林里，静听群鸟喧。

潇潇细雨声，心态好悠然。

一九八九年五月十四日

京广车中遐思

长沙清和雨乍晴，老骥奋起又南行。

汨罗屈子千秋恨，洞庭湘君万古情。

滕王阁赋王勃业，岳阳楼记范公名。

花笑鸟唱修竹里，水碧稻绿遍山青。

一九八九年五月二十三日

途思

几度出关又入关，惯看抱海与环山。

四十年来飞驹过①，仆仆风尘在立言。

一九八九年九月六日

注：

①赴沈阳参加辽宁省博物馆建馆四十周年纪念国际学术会议。

秋望

秋光正好下辽东，电掣风驰轮轴声。

大豆一片荚流翠，高粱万顷穗翻红。

老龙头起潜渊底，山海关上早休兵。

四十年来多少事，思绪低徊望长空。

一九八九年九月六日

怀思

转瞬飞逝四十年，思绪起伏怅无边。

兵燹历历劫余后，新楼巍巍正当前①。

法书挥笔排山起，长卷抒情可听泉②。

还是此行讲演好，古今上下与大千。

一九八九年九月八日

注：

①辽宁省博物馆新楼剪彩。

②有书画展。

欣赏精品

黄菊红叶秋色清，怡然遨游书卷中。

杨微画成神马骏，赵佶笔下仙鹤鸣。

积石冢出红山玉，姜女坟旁是汉城。

瑰宝无价传久远，欣赏过后难忘情。

一九八九年九月十日

晨兴

闲扫阶前叶，清听家雀喧。
主人心境好，黄菊放窗前。

一九八九年九月十七日

谒房山金陵

大地寒凝出帝京，学人结伴谒睿陵①。
房山峪中眠太祖，诸王兆域是海凌。
御道雕栏龙飞起，泥金丰碑字神清。
芦沟晓月石桥在，几度凭临不胜情。

一九八九年十一月三十日

注：

①一九八九年十一月二十九日，北京市文物考古所邀请赴房山开金陵座谈会。因掘出高248厘米、宽96厘米、厚20余厘米刻双钩泥金"睿宗文武简肃皇帝之陵"十字碑，睿宗为世宗之父，《金史》无本纪，盖追谥号也。

日坛探春

日坛绿早迎春开，京中士女踏青来。
几曲梨歌云汉里，漫步觅句好兴怀。

一九九〇年四月十五日

玉皇庙山戎墓地咏怀

八月驱车作旅装，塞外伏中尚觉凉。
龙庆峡水千嶂暗，八达岭外接大荒。
冬葱戎菽移齐土，虎皮豹革入晋阳。
还是无终墓地好，祭牲狗马又牛羊。

一九九〇年八月十八日

游龙庆峡

龙庆水曲又山环，雨壁悬崖一线天。
飞流直下三千尺，波静湖平荡小船。

一九九〇年八月二十日

阶前春草

野草知春早，和风发青华。
无限生机意，悠然入吾家。

一九九一年三月四日

看《张学良谈西安事变》电视有感

东北人直肝胆语，口诛侵略作金声①。
攘外安内报国志，邦恨家仇抗倭情。
羁绊一生苍天恨，相依两侣伴月明②。
将军未老雄心在，千古功臣属汉卿③。

一九九一年三月五日

注：

①将军以九十高龄，答复日本电视采访佩侃而谈，犹存沈阳乡音。

②在囚禁五十年中，与赵四小姐（一荻）相依为命，寄情《明史》。

③张学良字汉卿。

咏骨刺梅

嶙嶙见傲骨，刺刺可啄人。

红花儿点点，比梅更传神。

一九九一年三月六日

赴呼和浩特参加第八届考古年会

九月凉秋出塞行，阴山脚下见青城①。

天高云淡荒漠远，雁阵惊寒砂碛鸣。

匈奴息兵长城外，大汗挽弓中亚平。

历史几多思绪里，同行相见最关情。

一九九一年九月十三日

注：

①呼和浩特蒙古语意为青城。

聆第八届考古年会开幕式致词后

秦岭南北分界寻，新石自是多中心①。

窃喜多年钻研后，人间纵会有知音。

一九九一年九月十四日

注：

①宿白教授在致词中有秦岭为南北文化分界线及新石器文化为多中心之意见，均为吾过去发表论文之意见，以吾多年研究成果得到公认，是以自喜也。

登青冢

雨寒露冷已秋深，高丘四野伴疏林。
单于天降瓦当老①，昭君青冢祭坛新。
尘静烟消出塞上，弭兵止戈在和亲。
云淡星稀边城月，永照嫱卿一片心。

一九九一年九月十七日

注：

①包头召湾出汉代单于天降、单于和亲瓦当。

附：张郁赠诗

先生健笔谱新章，书肆京华争购光。
堪羡挥毫成巨著，蹉跎愧我徒空忙。
风云白发老犹壮，雨露黄花晚节香。
今日相携分手后，春秋忽忽莫相忘。

一九九一年九月十七日

登城子崖

武原河上麦畦青，千里来寻旧老城①。
一条探沟前贤业②，几处开方赖后生③。

龙山三期夯打后④，岳石两段版筑平⑤。

且喜黑陶无价宝，春秋悠悠总关情。

一九九一年十月十三日

注：

①章丘县龙山镇在武原河东岸，是已发现龙山期、岳石期、东周诸期之遗址。

②中央研究院梁思永先生等在城西南隅开探沟一条，窄而长，以辘轳取土。

③山东省文物考古研究所张学海所长、佟佩华进行了新的发掘。

④龙山分早中晚三期。

⑤岳石分早晚二期。

访齐故城临淄

红叶深秋出帝京，远道来觇齐故城。

巧夺天工排水道①，惊讶罕见殉马坑②。

齐桓徒称五霸首，留仙赢得万古名③。

千里沃野群峦拱，车驰路上麦青青。

一九九一年十月十五日

注：

①齐城排水道以自然石块砌成，石间留孔，长2800米，属战国时期。

②马坑为春秋时期，马分两排，昂首向外，殉马145匹，全部殉马当在600匹以上。

③蒲松龄，字留仙，著有《聊斋志异》行世，故居在淄川蒲家庄。

迎春

蒿草阶前漾春光，柳丝梢头正嫩黄。

闲步西园寻幽境，榆叶梅伴紫丁香。

一九九二年三月二十五日

喜见《中国边疆民族物质文化史》样书

信步王府路，放浪市井间。
喜见样书后，悠然不计年。

一九九二年七月三十一日

闻刘畅录取北大
西方语言文学系德语专业

青灯相伴三载多，北大题名好放歌。
自古雄心抒壮志，鄙视随流且逐波。

一九九二年八月八日

《中国新石器研究》书竣喜成诗二首

一

氏族文明各不同，为求石器遍寰中。
万年洞底开新史[①]，西亚先陶怯竞雄[②]。
裴岗磁丘中期里[③]，仰韶龙山兆晚风。
窃喜积珠成总汇，未负困学半世工。

一九九四年十一月二日

注：

①江西万年仙人洞遗址，开辟了中国新石器时代早期历史，距今约一万二千年前。

②西亚先陶文化约当公元前八千年，距今约一万年，比万年仙人洞迟约二千年。

③即河南新郑裴李岗、河北武安磁山。

二

雪域珠峰上柱天，遍求石器九州间。

万年洞底肇新业，西亚先陶露逊颜。

红花套里工艺好，石峡抛光到峦巅。

喜看新著成总汇，不负困学五十年。

一九九四年十一月二日

长白山诗集

金意庵 著

意庵自署

长白山诗集序

《意庵诗草》收录各体诗500余首。均经先室范芝馨夫人为之搜集、整理、遴选、抄录。历时半载，始克付梓。曾于一九九一年由时代文艺出版社出版，颇得师友同道海内外诗家读者所嘉许。近年来，又得诗400余首，吉林师范学院古籍研究所敦促再为结集出版，婉辞未获，盛意殷殷，至为可感。即选300余首付之剞劂。命名《长白山诗集》，因祖籍长白，以志追远之意。

嗟夫，芝馨夫人今已谢世五周年矣。墓木已拱，每怀患难夫妻，诗书知己，坎坷半生，相濡以沫。历历前尘，惘惘累日，恨未能一见此集为憾，睹物思人，不知涕泗何从也。

余幼承庭训，复受宗族艺术熏陶，酷嗜翰墨丹青、金石篆刻，并喜诗古文词，多不经意，视为书画余绪。早在燕京求学时期，曾就教大诗宗杨雪桥（钟羲）先生，枉列门墙，垂老无成，有负师恩，惭愧曷极。

余之为诗，欲任天而动，发于心声，不饰雕琢，直抒胸臆，以天籁自鸣也，志存高远，虽好学深思，而才薄未逮，奈何。

韩愈"文起八代之衰"，"词必己出，惟陈言务去"。旨哉斯言，诚治诗之大道也。摩诘"诗中有画，画中有诗"。余谓诗从画出，书从诗出，俱入诗境，岂不大妙。

余平生历尽艰辛，而能艰苦自励，广游名山大川，荡胸襟，阔视野，饱烟霞，法供养，染翰挥毫，沉吟题咏，藉得江山之助耳。刘勰《文心雕龙》"时运交移，质文代变"。为诗亦然。余现已八旬有二，乐此不疲，老而弥笃，切愿与时俱增，并与时代同步，为弘扬时代主旋律，用以自勉。

由于水平有限，讹误之处必多，诚恳希望师友同道海内外诗家读者勿吝匡谬，则不胜欣慰感激之至。

丁丑伏暑意庵序于补学斋雨窗

谢赠砚

（葛守业先生精制砚见赠徐公石砚诗以谢之）

承惠徐公砚，石交不敢辞。

汲泉试古墨，濡笔写新诗。

轻抚比漆铁，静观多网丝。

寒斋无长物，清景添华滋。

注：徐公石砚，系鲁砚之一种，砚石产临沂地区沂南县徐公店村。据《临沂县志》载：徐公店产石可为砚，其形方圆不等，边生细碎石乳，不假人工，天趣盎然，纯朴雅观。

一九七六年四月三日

森女于归述怀四首

一

平生未了向平愿，弱女于归喜又悲。

褓褓手中初长大，肝肠痛碎有谁知。

二

从此归家懒入门，娇容不见眼昏昏。

千呼万唤无回答，膝下承欢仅女孙。

三

滥调陈词宜室家，彩舆废弃乘迎车。

临辞切嘱无多语，莫忘痴思老阿爷。

四

五世同堂世所稀，又随兄弟各东西。

天涯咫尺真同感，日盼归宁恐不归。

一九七六年五月一日

燕

绣户珠帘卷，雕梁燕语稠。

香泥寻旧梦，芳草却新愁。

双宿双飞愿，同来同往游。

夕阳斜一角，何处小红楼。

一九七六年五月三日

王雪涛画牡丹扇

笔底花王腕底香，引来蜂蝶拒轻狂。

为藏行箧长相守，绝胜曹州与洛阳。

一九七七年三月二日

蝉

安身清露惹沉思，弄月吟风不自知。

萧瑟九秋黄叶老，寒蝉犹抱最高枝。

一九七七年九月十五日

三孙恺功百日偶成

昨逢百岁喜，秋色更清嘉。

为酿长生酒，又栽益寿花。

衍庆已再续，伦乐且无涯。

伫看展鹏翼，盼孙早克家。

一九八二年四月十三日

云南傣族泼水节

泼水姑娘洒大千，众香国里结祥缘。
老身喜得杨枝露，润我心田种福田。

一九八三年四月十四日

登庐山

匡庐炎暑似凉秋，好个风光真快游。
半岭奇峰云雾隐，一溪疏雨鸟声柔。
通幽花径情何畅，傲啸林泉愿已酬。
漫把诗思付彩笔，多年梦寐喜心头。

一九八七年七月六日

游西湖二首

一

杏花春雨欲湿衣，西子湖头莺正飞。
羡我同游多女伴，半船红粉载香归。

二

依依垂柳断桥西，绮梦孤山旧马啼。
邂逅印林诸社友，闲情信步苏公堤。

一九八八年五月二十六日

并呈李澍田教授郢正

步冒广生（鹤亭）原韵

一

绝代才华未许愁，词中女杰胜封侯。

可怜九载分连理，一往情深雪满头。

注：太素年仅四十薨逝，太清七十有八而终。

二

典钗赁屋素家风，傲骨柔肠染泪红。

嫠苦抚儿夸冀北，遗编淑世感斯同。

注：太素弃世不久，被迫移居邸外，无所栖迟，典金钗凤赁屋居住。

三

乾嘉闺秀盛空前，望重都门阆苑仙。

漱玉断肠同舛运，并将诋毁雪尧天。

注：漱玉指李清照，断肠指朱淑贞。

四

行有恒堂诗佚多，吉光片羽费搜罗。

太清吟咏存酬唱，三复华章喜若何。

注：先高祖载铨公字筠邻，为定安亲王曾孙，著有《行有恒堂诗集》，定安亲王讳永璜为清高宗皇长子，荣纯亲王永琪为五子，成哲亲王永瑆为十一子，奕绘（号太素与太清为偶）为永琪之曾孙也。

五

论定渔歌夺桂冠，宋人法乳见才难。

一编又读东方白，秋雨明灯忘夜寒。

六

沧桑巨变太平街，遥念清词入梦来。

容若子春齐擅美，小楼日日共低徊。

注：词家评清词，男有成容若，女有顾太清，太清与容若齐名，顾春字子春，

号太清，自号太清春。

附：冒广生《读太素〈明善堂集〉感顾太清遗事辄书六绝句》原作

一

如此佳人信莫愁，出身嫁得富平侯。

九年占尽专房宠，四十文君傥白头。

二

一夜瑶台起朔风，影残金锁泪珠红。

秦生晚遇潘生死，肠断天家郑小同。

三

写经亲礼玉皇前，偷剪黄绝便学仙。

不画双成伴王母，石榴可惜早升天。

四

信是长安俊物多，红禅词句不搜罗。

淮南别有登仙犬，一唱双鬟奈若何。

五

貂裘门下列衣冠，词到欢娱为最难。

忽忽不知春料峭，水晶帘外有天寒。

六

太平湖畔太平街，南谷春深葬夜来。

人是倾城姓倾国，丁香花发一低徊。

一九八九年七月一日

庚午春节欣咏

万马奔腾报早春，喧天锣鼓奋精神。

人逢盛世倡新尚，时届三元除旧尘。

改革宏猷舒丽景，振兴祖国适佳辰。

与民同庆复同乐，到处祥和到处春。

一九九〇年二月二十日

挽那老仙逝

那老致中逝世享年七十有九，诗以挽之

一

凄凄风雪怆前游，畅饮挥毫字字遒。

天上修文去不返，飘香翰墨永千秋。

二

恳恳勤勤老不休，盈门桃李泪交流。

遐龄克享升平世，诗卷长存百尺楼。

三

旧雨新知感叹多，传来噩耗泪滂沱。

酒酣语重含悲切，心底音容永不磨。

四

高斋过访晚晴天，珍惜余光老少年。

我与同侪歌薤露，终生犹在醉中眠。

一九九〇年七月十日

清夜不寐偶成

男儿久抱凌云志，逐浪心潮总不平。

几历兴衰成往事，仰观星斗月斜横。

一九九〇年九月一日

读天游阁诗致李澍田教授

一

怅望天涯愤不平，才华盖世貌倾城。

清修早证菩提果，文人诬陷本无行。

二

灯火荧荧照上春，琼编几读想丰神。

泉台幽怨王孙泣，仙姬蒙尘不染尘。

三

国朝典籍散如烟，遴选征存任重肩。

东海渔歌彰梓里，吾宗文献喜君传。

一九九〇年十月一日

寄四弟良鹤二首

一

闲咏竹枝折柳枝，天南地北两心驰。

如今又续黄粱梦，一纸家书寄所思。

二

每忆高堂泪洒诗，难兄难弟负亲痴。

喜看衣锦还乡日，欲慰泉台恐不知。

一九九〇年十月十日

重九老人节

欣逢登高节，凌云上九天。

党恩敬及老，国泰喜空前。

人物风流盛，山川景色妍。

夕阳红似火，余热献余年。

一九九〇年十月二十日

意庵鬻书润例
诗引

一

寒素家风岂士标，何须虚伪假清高。
为投市场增收益，立榜鬻书效板桥。

二

从今无润拒求书，雅谑风流我不如。
但与白银同一嗜，为脱困境友情疏。

三

离休卖艺任讥评，悔误微名远上京。
想却酬应订旧稿，喜人形势乐余生。

四

时代新风墨趣多，大潮好尚问如何。
折腰乞米原非耻，不学山阴来换鹅。

一九九一年一月一日

学书偶得二首

一

久慕羲之又献之，十年面壁悟非痴。
挥毫蘸尽松江水，再把天池作砚池。

二

长白山民八法痴，锥沙钗股惹深思。
偶然拾得丹青笔，不做书师做画师。

一九九一年一月五日

雾凇佳节欣咏

一九九一年一月九日，江泽民总书记莅吉视察，藉览江城雾凇风光，誉为"寒江雪柳，玉树琼花，吉林树挂，名不虚传"，赞赏不已。谨用原句，缀成七律，以志殊荣，工拙非计。

佳节将临增岁华，雾凇胜景总书夸。

"寒江雪柳"迎初日，"玉树琼花"送暮霞。

两岸霜柯栖冻雀，一城风絮舞银蛇。

"吉林树挂"蒙殊誉，"名不虚传"喜万家。

一九九一年二月十日

辛未新春试笔

新春岁首话祯祥，人寿年丰步小康。

两制宏谋全大局，三通良策见明光。

弟兄何忍分歧域，家国应归统一疆。

大陆台湾须握手，金瓯重整共兴邦。

一九九一年二月十五日

中国民主同盟成立五十周年

风雨同舟五十年，缅怀先烈仰前贤。

丹心碧血千秋在，为谱神州正气篇。

一九九一年二月二十三日

雪柳诗社新社长当选志贺

雪柳轻飏荡碧空，吟坛诗主振雄风。

高歌猛进升平世，健笔纵横锦绣胸。

古律新声夸塞北，宏襟豪兴誉关东。

向荣小草聊申贺，愿附芳菲表寸衷。

一九九一年五月十日

中国书法家协会成立十周年书贺

书道十年盛世光，继承开拓并弘扬。

更欣大众挥椽笔，迈古雄今步殿堂。

一九九一年五月十五日

咏辛亥有感

政协广东省委会举办辛亥革命八十周年纪念，应征诗作

从来星火可燎原，辛亥兴师识本源。

大业垂成亏一篑，有清逊位改新元。

一九九一年六月十日

建党七十周年

缔造维艰七十年，红旗招展艳阳天。

经文纬武创新纪，立本兴邦启后贤。

大政协商光史册，小康如愿颂歌弦。

同心同德同荣辱，改革腾飞永向前。

一九九一年七月一日

遐思

又读顾太清诗词，并致李澍田所长

天游东海轶诗词，异域珍藏盼补之。
但愿他年成足本，空山灵雨慰遐思。

清词首推成容若，东海渔歌可比肩。
白石清真同绝响，星辉宝婺咏新编。

樵唱渔歌费品详，素输格调清偏长。
千秋赵李同佳话，遥想丹铅愿早偿。

注：赵李指赵明诚、李清照夫妇。

一九九一年七月五日

谒太白墓有感

辛未夏，应安徽马鞍山邀请参加中国国际吟诗节，登太白楼谒太白墓感作

绝代风骚万古传，每思佳构总飘然。
青天问字舒青眼，碧海骑鲸傲碧川。
同吊诗魂扬盛纪，共邀月魄乐丰年。
远来长啸长眠地，揖拜谪仙敬酒仙。

一九九一年七月六日

代答征诗

参加马鞍山国际吟诗节，姚晓华随行征诗代答二首

一

窃附诗坛拜大家，村姑焉敢竞风华。
只缘就教学吟句，有渎高贤笑井蛙。

二

呈瑞青莲万代妍，纺余闲咏不成篇。
明知弱女才难胜，且立程门师座前。

一九九一年七月七日

太白楼诗会

太白楼头聚众贤，文光射斗展华笺。
愧无妙句赓逸韵，探骊得珠喜不眠。

一九九一年七月九日

太白楼留别

参加马鞍山国际吟诗节，于太白楼留别方晨环保局长

太白高风万古名，可怜愤世老终生。
喜亲旧雨兼新雨，快慰诗情谢友情。

一九九一年七月十四日

樱梅情

中日友好汉诗协会五周年志庆，并呈柳田圣三、棚桥篁峰诗家吟正

五年会庆胜三唐，欲拜诗豪步殿堂。

两地同天兴雅韵，一衣带水续新章。
樱花吐艳传中土，梅蕊飘香送友邦。
敢试心声请正律，班门弄斧笑扶桑。

一九九一年七月十八日

敬绘长白山天池图

喜得图祥笔，仙池史可稽。
神泉同海阔，大寿与天齐。

一九九一年八月二十日

辛未中秋寄台湾四弟

握别京华又历年，每逢佳节总情牵。
莫惊白发家山梦，最喜黄花故里妍。
切盼三通存两制，誓为四化任双肩。
和平统一千秋业，大陆台湾共月圆。

一九九一年九月八日

九华山

远眺奇峰九朵莲，烟浮岚翠白云边。
寻幽探胜情何极，谢导游踪话不眠。

祇园寺

游罢庐山又九华，琳宫梵宇映朝霞。

善男信女争稽首，缭绕香烟静不哗。

绘匡庐秋色图题句

满山云雾写匡庐，回首峰峦似有无。
清风吹散天花雨，百丈鸣泉入画图。

一九九一年十月一日

满洲习俗嚼雪团

关内春光关外寒，岭南花事已珊阑。
兴来祖籍循醇俗，一沁心脾嚼雪团。

一九九一年十二月一日

常州书协成立俚句书贺

延陵胜境太湖滨，改革风吹万象新。
一代人文相继起，诗书画印满园春。

一九九二年三月九日

咏牡丹

曹州书画院征集百位著名书家咏牡丹诗作

莫道牡丹胜洛阳，我为菏泽夸芬芳。
愿教两地花常好，国色天香并品详。

一九九二年四月三日

悼亡妻范芝馨女史

一

勤俭持家五十年，含辛茹苦伴南天。
可怜一病长辞世，谁堪为我理诗篇。

二

悲含垂柳态依依，亲送灵柩入翠微。
一忆音容如昨日，忍心撒手竟西归。

三

花容惨淡月凄清，魂兮归来话旧情。
勉体慈心痴儿女，望天洒泪哭卿卿。

四

蒲柳先衰不欲生，阮囊无力筑佳城。
本期共享余年乐，未料修文到玉京。

五

贫贱夫妻百事哀，几曾幽梦赴泉台。
五更啼破喉咙血，应召瑶池唤不回。

六

我愧梁鸿卿孟光，相依为命恨偏长。
适酬夙愿生前约，永别家乡葬客乡。

七

苦雨兼旬感万千，半窗残月照难眠。
未随伊去同骑鹤，留我顽躯总黯然。

八

肝肠寸断泪丝丝，默默含悲强自支。
恨我未能学太上，时时仍作有情痴。

九

弟早鼓盆兄断弦，那堪同病复同怜。
祭卿一枕斑斑泪，又悼诗章写素笺。

十

熟读卿诗情更牵，回天无术恨绵绵。

九泉路上须相待，再结来生未了缘。

一九九二年七月十日

金牌颂

在巴赛罗那第二十五届奥运会上，我国健儿共获得十六枚金牌，欣咏以获得金牌先后为序

庄泳游泳

人鱼高泳态端庄，首夺金牌祖国光。

一马当先惊世界，群雌独挫碧波扬。

庄晓岩柔道

从来柔术克刚强，绝技惊人仰万邦。

寄语炎黄好子弟，中华崛起属红妆。

伏明霞跳水

临风玉立誉天骄，一跃高台破浪潮。

海燕凌空几折翼，国门不愧女英豪。

张山飞碟

金牌高挂映心红，双向碟飞首建功。

不让须眉奇女子，刷新纪录逞豪雄。

王义夫射击

射击遥传捷报来，连连得胜又旗开。

神州不愧神枪手，伟绩丰功尽畅怀。

钱红蝶泳

如林强手五洲多，中国姑娘得胜歌。
玉臂轻摇雷掌动，争夸仙蝶舞清波。

林莉个人混合泳

金银光闪耀胸头，水上蛟龙踞上游。
不负决心争桂冕，今朝更上一层楼。

杨文意50米自由泳

红旗冉冉上升中，雀跃欢呼万众崇。
争道娥眉又吐气，更期他日乘长风。

陆莉高低杠

捷报频传兴未央，娇娃小小姓名扬。
满分获得殊荣誉，海外沸腾华夏光。

李小双自由体操

强烈激情信可夸，翻腾跳跃显才华。
超高难度创新路，夺得冠军勉又嘉。

邓亚萍乔红乒乓球女双

配合默契复和衷，旋转银球势若虹。
奋勇拼搏胜战友，英雄儿女压西风。

邓亚萍乒乓球女单

乘胜争雄又夺金，高超绝技见功深。
久经考验无敌手，不负萨翁一片心[①]。

注：奥运会主席萨马兰奇亲授金牌。

高敏跳水

负伤鏖战上疆场，两跳功成喜若狂。
十亿雄心同振奋，高歌奏凯永昂扬。

陈跃玲竞走

竞走如飞争国光，殊荣盛誉慰炎黄。

神行太保施神技，田径金牌首远扬。

王涛吕林乒乓球男双

走笔吟诗为庆功，龙腾虎跃战强雄。

猛杀猛扣千钧力，一举夺元占上风。

孙淑伟高台跳水

双冠跳水号称王，摘取金牌姓字香。

反转三周诚匪易，小精豆子不寻常。

一九九二年七月二十七日

登北山揽月亭远望

我性乐山水，年年作快游。

拓开胸万古，俯瞰大江流。

一九九二年八月五日

寄四弟二首

一

垂柳依依送又迎，心连两岸系乡情。

盈头雪鬓怀无限，欲寄飞觞共晚晴。

二

万里诗思万里情，佳侄佳妇慰平生。

海峡有阻心无阻，水复山重不计程。

一九九二年八月九日

却续情

友人为我续弦奔走，诗以却之

一

为报恩妻待返生，化鱼比目证前盟。

老身心似冬枯木，镜不重圆却盛情。

二

结缡痛绝念弥留，老泪纵横又暗投。

矢志忠贞不二色，鳏夫甘愿做情囚。

一九九二年九月九日

西安行

一九九二年十月五日，赴西安应邀参加北方地区文史研究馆工作座谈会后，游览名胜欣咏

沉香亭[①]怀古

天香国色斗芳菲，绝代风流誓已违。

学士三章传乐府，幽亭怀古吊杨妃。

注：①今在西安兴庆公园。

游骊山华清池有感

唐明皇

莫道多情实寡情，未能罪己谢苍生。

可怜替死一妃子，我代鸣冤诉不平。

乾 陵

秋帆头脑太冬烘，卑女尊男不苟同。

我吊乾陵合葬墓，独崇圣帝仰宸衷。

注：清学者毕沅任陕西巡抚时到处题字树碑，为乾陵墓立石，仅书唐高宗李治而对则天女皇一字未题。武则天自封圣神皇帝。

武则天

政绩昭昭一女皇，何须苛责惑君王。

雍容大度雄今古，不愧英雌武媚娘。

六十一王宾石像

使节王宾侍墓旁，维恭维谨复维惶。

缘何一夜头飞去，众说纷纭待考详。

武则天墓无字碑

睿智天聪举世惊，不歌名德不浮名。

口碑绝胜碑铭字，功罪千秋有定评。

一九九二年十月十日

云海摘星

乘飞机由沈阳夜行至西安，由西安返沈阳，日行有感

老身再次腾云海，银翼横空万里行。

喜看河山新锦绣，可伸巨手摘寒星。

墨缘书友六首

韩国圆镜玄福哲大师独创禅书画结体合一，誉称心灵书道家。壬申之秋，应吉林北山画院之邀举办禅书画大展，志感六首

一

中韩建交喜今年，雅羡银毫挥紫烟。

愧我尘缘尚未了，羞来参与字中禅。

二

修道深山昼掩扉，超凡入圣又皈依。

漫将纸墨抒联想，直把禅机融画机。

三

禹甸渊源海外葩，高持心笔灿丹霞。

慧根灵感圆书体，法度天成气自华。

四

宝绘达摩苇可航，庄严法象瑞呈祥。

我来膜拜频合掌，供养清斋花满堂。

五

书艺交流友好长，熔今变古见芬芳。

蒲团妙悟得心法，奇正相生一派张。

六

异域山川共一天，倾谈未竟又言旋。

草成俚句酬风雅，再盼重来结墨缘。

一九九二年十一月十三日

黄龙诗萃第五辑即将出版俚句奉祝

久慕农安未畅游，屡蒙关爱报诗酬。

黄龙名胜千秋仰，辽塔重光万古留。

阆苑芳菲推后浪，吟坛霞蔚上层楼。

耆英新秀风骚笔，似锦繁花满目稠。

一九九二年十二月一日

题满族画家傅丹枫画展

凌云健笔旧相知，满目烟霞造化师。

好景好风看不厌，山山水水画中诗。

一九九二年十二月五日

崂山二首

神窟仙宅

海上神仙窟，云山缥缈间。

欲随羽士去，诗境漫相关。

潮音瀑

鸟道隔尘绝，松萝一径深。

凉生昨夜雨，洗耳听潮音。

一九九三年三月五日

北山春游口占

爱山从不负清游，检点诗囊多唱酬。

今日重来亭揽月，结邻到此几生修。

一九九三年三月十二日

读聂德祥诗友《试剑集》有感

一

喜读新诗试剑篇，十年淬砺志弥坚。

世人莫笑书生气，慷慨激昂感万千。

二

寒斋过访又言欢，我也学吟把剑看。

海雨天风归眼底，胸中豪气涌波澜。

一九九三年四月十日

王淮画展

士别才三日，丹青又一新。
画坛挥健笔，墨洒万年春。

一九九三年五月二日

赠永吉文化馆馆长张振江同志
为作满族风情版画

巨刃通天笔，名驰版画篇。
满族民俗史，神话赖君传。

一九九三年五月十日

吉林重点文物保护单位杂咏
阿什哈达摩崖刻石

吉林市丰满区江南阿什村

一

扬帆耀武据江边，三刻摩崖聊记年。
历劫不磨留史迹，挥毫洒墨镇山川。

二

镌刻碑文仅数行，饱经人世阅沧桑。
虽传纪实无多语，绝胜冗长大史章。

龙虎石刻

吉林珲春凉水河东屯

清卿大笔书龙虎，立石边陲界可凭。

117

占断风情观要隘，珲春乡土护神京。

龙潭山高句丽山城

吉林市龙潭区东郊

悬崖峭壁踞山城，远眺龙潭印月明。
水旱两牢谁论定，千秋功罪史家评。

农安辽塔

吉林农安古城

辽塔鸠工始圣宗，弘扬佛法盛咸雍。
皈依弟子三千众，剃度僧尼误念空。

黄龙府

吉林农安城

叱咤风云并世雄，鏖兵重镇府黄龙。
绝粮纵火空陈迹，都付兴亡一瞬中。

狼头山遗址

吉林市郊二道乡马相村

团山文化记犹深，出土石陶迹可寻。
家庭家国析源起，生产生活证古今。

苏密城

吉林桦甸城东

辽沿渤海一城池，回形石基壕护围。

残泥碎陶存异趣，耻盗文物野无遗。

注：苏密城于伪满时期，曾经日寇盗掘大批文物，掠夺而去。

乌拉古城

吉林永吉乌拉镇北

屏障天然负令名，乌拉部败隶清营。

白花点将无稽考，镜币流传据可征。

吉林文庙

吉林市文庙街松花江左岸

文庙重修圣殿堂，几经兴废感沧桑。

从知历代尊儒术，今取精华弃秕糠。

小西山石棺墓群

吉林磐石吉昌乡西山

石棺发掘小西山，原始风情一展观。

刀斧陶壶足断代，春秋铜器尚斑斓。

一九九三年五月十八日

赠史今吾（鸿涛）大夫

江城橘井誉医王，自有青囊济世方。
衣绍丹溪传伟业，回春妙手大名扬。

一九九三年六月十日

龙潭诗会

雪柳诗社山野诗社联欢因故未能参加，诗以致歉

一

缅怀屈子诗人节，白发丹心竟忘年。
愧我未能参盛会，漫将拙句写吟笺。

二

六月龙潭分外妍，欢歌笑语乐中天。
老来偏爱夕阳好，为策骅骝猛著鞭。

三

山城景物足留连，绝壁奇峰映碧川。
回首三杰成往事，咳珠吐玉属今贤。

注：成多禄、宋小濂、徐鼐霖均工诗擅书，称吉林三杰。

四

佳什高悬白雪篇，班门弄斧耻逃禅。
但期两社诸师友，雅韵新声共造巅。

一九九三年六月十二日

边陲鸿鹄

吉林省举办建设发达边疆近海城市笔会喜赋

一

珲春恰比金三角，辟地开天志不移。

我也挥毫趋热点，高翔鸿鹄起边陲。

二

群贤毕至聚崇楼，翰墨怡情就士游。
有幸忝陪参笔会，无为焉敢逐风流。

三

开通近海兴新市，建设边疆纪壮猷。
共把蓝图添重彩，千秋功业颂歌喉。

一九九三年六月二十日

亡妻逝世周年

一

哭卿仙去已周年，刻骨痴情仍梦牵。
今日主持家祭祀，只鸡斗酒奠灵前。

二

秋雨秋风秋叶黄，一年一度送寒裳。
因风附寄相思泪，料得卿卿也断肠。

三

思卿无睡夜如年，几理遗书几黯然。
并命鸳鸯情所累，为求冥福早升天。

一九九三年七月八日

题自画山水

门前秋水夕阳斜，疏柳荒村小阵鸦。
日对烟霞情不减，红尘不到老夫家。

一九九三年七月九日

农村闲咏三首

一

溽暑蒸人夏日长，小姑独处爱风凉。
忽听门外隆隆响，笑看摩托载女郎。

二

城市乡村几不分，姐呼妹唤把眉纹。
小妮也要趋时尚，罗袜高跟迷你裙。

三

六月农闲渡爱河，双双情侣偎山坡。
不须月老心相许，一片春情上酒窝。

一九九三年七月十九日

画家岳时尘九秩大寿

欣瞻福祉庆耆英，烟雨楼头纪令名。
花甲久周今又半，天干已届十旬更。
丹青不老挥椽笔，翰墨长存奉巨觥。
最羡莱衣承六法，九如雅颂寿咸亨。

一九九三年七月二十八日

为赵庆林绘山水册页题句

一

十年风雨到茅庐，梦里云山似有无。
窃喜胸中留粉本，为君写作卧游图。

二

江城八月好风光，小雨敲窗一角凉。

欲听秋声图画里，并题诗句咏苍茫。

题自绘寒林图

造化笔端生，良宵延客话。
寒林气袭人，错认营丘画。

携内子游苏州拙政园

春风送曲小桃红，我我卿卿万绿丛。
亚子栏杆闲倚遍，教侬软语效吴侬。

注：此旧稿在行箧乱书中遇到，故录存以志唱随之乐，而今先室逝世已届周年，睹物思人，又不觉潸然泪下矣。

时装美容有感四首

一

秀发披肩美且柔，时装靓女竞风流。
袒胸露背成时尚，追赶新潮众效尤。

二

新婚吉日喜盘头，风髻云鬟难比俦。
调黛纹眉增妩媚，面膜护理更娇羞。

三

初试摩丝废晓梳，女型男化意何如。
为添几许英豪气，惭愧须眉大丈夫。

四

眼影睫毛指甲修，青春永葆祝长留。

应知内在心灵美，莫怪偷闲学打油。

一九九三年九月十五日

西泠印社九十周年社庆

西泠印学久推崇，喜听涛声访浙东。

今日欣逢社庆典，寿同金石表深衷。

一九九三年十月十八日

重阳

几番风雨又重阳，也学龙山落帽狂。

为对吟觞留雅兴，朱萸黄菊贮诗囊。

一九九三年十月十八日

惠泽桑梓

厦门大学七十周年大庆征集诗文，兼怀爱国侨胞陈嘉庚先生热心赞助社会主义教育事业厥功至伟，敬赋小诗志贺

海碧山如染，天开胜景奇。

树人兴学府，纳士广书帷。

义举钦宏志，高风仰令仪。

声华誉梓里，彰泽颂芜词。

一九九三年十一月十六日

奉和毓瞻宗长

癸酉秋于中国美术馆举办个人诗书画印展,君固［毓瞻］宗长赐以贺诗,
原韵奉和

昔日祖乡今客乡,白山源远脉绵长。
雕虫小技邀钧海,骑射家风负冑潢。
敬佩金壶挥健笔,辱劳玉趾沐恩光。
喜亲謦咳珍诗翰,拜诵回环谢贺章。

附:原作

来自白山黑水乡,乡音乡貌倍情长。
诗书画印翻新意,文彩风流继旧潢。
长白巍峨添笔势,松花滟潋入笺光。
京城已为江城倒,愧我聊吟骥附章。

一九九三年十一月十二日

奉和布尼道长

布尼阿林道长读《意庵诗草》书后谬承奖饰,愧不敢当。敬步原韵奉酬

时怀道义仰清华,久羡扬帆搏浪沙。
望重族门誉梓里,情兼师友感方家。
十年风雨含羞草,三载神交智慧花。
文史蜚声尊泰斗,愿承教诲并辞夸。

附:原作

少小吟哦度岁华,壮游踪迹历尘沙。
天潢贵胄无双士,长白文坛第一家。
词意深深动杨柳,诗思滚滚涌松花。
风流儒雅称三绝,名震东陲举世夸。

一九九三年十二月十日

雾凇四韵

1994年吉林雾凇冰雪节

一

雾凇佳节迎新潮，雪柳蹁跹任舞腰。

疑是天公图靓女，动人情处笔难描。

注：长堤雪柳所见。

二

冷月霜钟树挂高，教堂风物入诗毫。

冰花闪烁迷人眼，天下奇观也自豪。

注：天主教堂雪后即景。

三

又是花丛又画屏，疾徐舞步响腰铃。

声容并茂夸群体，风土乡情娱性灵。

注：节日满族舞蹈颇受欢迎。

四

洽谈经贸雪搭桥，订货成交岁岁饶。

信誉赢来多硕果，招商引进不辞遥。

注：经贸活动盛况空前。

一九九四年一月二十日

梨园百篆

杭州高永华酷嗜京剧，邀请当代篆刻名家刊传统剧目百方汇为一编，余刻白门楼、武松打店二方有感

恢宏当世梨园史，喜侧诸家篆刻编。

雅羡阳春有和曲，名优剧目广今传。

一九九四年一月二十二日

致某书家二首

一

体健情豪与我输，耻君刷字作书奴。
老来蔗境千钧笔，白首童心写壮图。

二

武弁授书未入流，误人笔势鲜刚柔。
可怜多少嗜痂癖，不是庖丁焉解牛。

一九九四年二月四日

梦先室枕上作

未能偕老边疆，梦续悼亡诗章。
每忆牛衣对泣，时怀鸿案相庄。
忍抚痴儿娇女，痛哭结发糟糠。
堪叹凄凉晚景，来生再作鸳鸯。

一九九四年二月五日

幽兰修竹

元白宗兄画兰竹题句："两枝花，几片叶，满纸无香，不劳蜂蝶。"余反其意而咏之，唐突大雅，罪甚，罪甚。

幽兰信手栽，修竹笔端叶。
满纸溢清香，招蜂复引蝶。

一九九四年三月三日

书画怡情

（赠日本广岛爱新美术馆长菅正泰先生）

一

爱新宗族重扶桑，书画怡情翰墨香。

堪笑涂鸦得附骥，羞张素壁惭惶惶。

二

拙句难酬大雅贤，回环拜读惠华笺。

但期他日浮东海，为谢高情结夙缘。

一九九四年三月五日

屈原碑林

恢宏诗哲树碑林，忧国爱民世所钦。

读罢骚经吊屈子，汨罗江水共沉吟。

一九九四年三月二十三日

戮力同心大业遒

政协广东省委函邀全国政协成立四十五周年纪念，应征诗作

政治协商树远谋，多才多智展宏猷。

同荣共辱雄今古，民主监督大业遒。

一九九四年四月十日

御敌禁烟颂林公

广东东莞鸦片战争博物馆成立应征诗作

虎门销烟举世惊，筹办夷务并驰名。

御敌充饷千秋仰，慰公生哀死后荣。

注:林公少穆生前痛感鸦片之危害，主张严禁，曾上奏云："若犹泄泄视之，足使数十年后中原几无可御敌之兵，且无可充饷之银。"爱国热忱至今令人起敬，漫成俚句以志仰止之忱。

一九九四年四月十三日

北京家常菜打入餐厅有感

京都林立家常菜，难解馋涎风味香。
莫让招徕挨一宰，摊头排档饱饥肠。

一九九四年六月五日

前作悼亡先室诗十首再续四首

一

萧斋独坐倍凄凉，检点遗奁脂尚香。
往事萦思肠九曲，悼亡无计写诗章。

二

月圆花好太匆匆，念念弥留默默终。
长夜长怀难入寐，深情可在不言中。

三

老泪频弹倍损神，画楼不见画眉人。
三生石上余生梦，月下花前记最真。

四

盈眶热泪老孤鸿，镜缺钗分万念空。
倘许重圆旧梦影，人间天上两心通。

一九九四年七月九日

吉林师范学院陆学明教授荣转俚句博笑

六载知交久，雄文拜读难。

敬贻留别字，攻错借他山。

一九九四年七月十五日

北山之秋二首

一

北山名胜染诗毫，秋色迷人景更饶。

年迈童心兴未减，饱看红叶醉香醪。

二

鲜澄秋水过虹桥，曲径云阶步步高。

古庙层峦抬望眼，喜人小鸟入林梢。

一九九四年八月九日

那致中学术研讨会即席抒怀

一

欣逢研讨会召开，苍劲草书入眼来。

为使族门添故事，斯文岂可久长埋。

二

吟坛伙伴倍伤怀，众论纷纷俱妙裁。

更有遗诗沾化雨，哲人其萎影徘徊。

一九九四年九月一日

怀申佩芳

吾邑女画家申佩芳女士逝世三十五周年感怀

深闺晚景太凄凉，三绝才名吊感伤。
望重艺林添画史，徐黄衣钵笔钟王。

一九九四年九月二十七日

银川美术馆赠贺兰山岩画拓本

先民岩画笔超群，莿鹿临门欢又欣。
多谢银川赠墨本，喜看纹饰彩缤纷。

一九九四年十月九日

咏吉林八景

北山公园近日评定新八景：为桃源春晓、风荷清夏、云亭秋色、旷观霁雪、古寺钟声、揽辔飞虹、廉泉让水、诗碑夕照，缀成小诗四章，以志欣感，奉贻傅宝仁同志吟正，兼征和作

一

北国明珠别有天，漫将八景胜名传。
园林城市风光好，春夏秋冬四季妍。

二

桃源春晓闹春潮，清夏风荷映日摇。
让水廉泉思小饮，旷观霁雪坐人豪。

三

傲啸兴怀瞰大江，云亭秋色水天长。
钟声古寺绝尘想，独厚他乡又祖乡。

四

诗碑夕照梦魂牵，第一江山苍翠巅。

飞虹揽辔横空落，巧夺天公胜自然。

一九九四年十月五日

喜赋南湖

嘉兴烟雨楼建立南湖革命纪念馆应征诗作喜赋

嘉兴烟雨话湖楼，胜地名船纪壮猷。

为谱春秋秉史笔，多姿多彩绘神州。

一九九四年十月十一日

贺三北印学论文集

北疆印社选编三北地区印学论文集付梓征题，漫成小诗六首，录呈鲁安社长暨诸同道吟正

一

骏马高原琴鼓乡，印坛崛起北边疆。

橡橡铁笔开新面，颗颗明珠泛夜光。

二

弘扬印学久蜚声，探索追求有定评。

大漠雄风留史话，阴山脚下看峥嵘。

三

扶轮大雅艺相传，学术交流萃一编。

移赠铭心郭老句，于今铁笔更宜坚。

四

拜观印蜕福无量，格调才情积淀长。

谈艺湖滨多启我，还须创意与君商。

五

美人名冡草青青，拙句刊碑见性灵。

但愿高轩赏力作，他年同往话西泠。

六

北俊南英聚一堂，纷呈流派并芬芳。

未躬盛会亲风雅，愧我聊吟补贺章。

一九九四年十一月三十日

读禊帖二首

一

百本兰亭拓墨传，书兼龙虎誉前贤。

出神入化通灵笔，倾倒唐宗非偶然。

二

倜傥风流王逸少，清醇劲媚两精能。

钟张超迈称心手，赢得行书第一名。

一九九四年十二月二日

寿李国芳先生古稀荣庆

琼林人瑞岁寒天，翠柏苍松雪后妍。

为贮玉缸春酒暖，南山比寿养颐年。

一九九四年十二月二十九日

《从心集》题诗四首

国芳诗家大著将付梨枣勉成短韵四章志盛即呈吟正

一

拜观力作仰文豪，李杜苏辛信可超。

借助江山挥健笔，新声新韵弄新潮。

二

慷慨激昂齐鲁风，铜琶铁板唱关东。

七十从心人未老，愿君珍重夕阳红。

三

花语清芬时影真，晚晴又绿一枝春。

同钟山恋精灵气，有幸题名翰墨亲。

四

人梯持续我惟扬，大著梓行寿世长。

价重鸡林誉学圃，纸贵应须似洛阳。

一九九五年二月二十日

首届《洗笔泉》海内外书法邀请展应征书作

信手弄柔翰，结缘洗笔泉。

率更贵险绝，后世仰前贤。

一九九五年二月二十二日

用汉金文刻一息尚存小印边跋二十字

汉金宜入印，稚拙复天真。

化古出新意，奏刀始有神。

一九九五年四月二日

悼山野诗社周锡彬社长四首

一

痛哭挚友殒春城，岁壮心雄鲜养生。
遥念寒灯勤未倦，那知一夜失韩荆。

二

太息诗坛谢老成，可怜恶疾酷无情。
遗编淑世足堪慰，桃李欣欣正向荣。

三

英才乐育一诗人，字字频敲费苦辛。
每忆清言犹在耳，力推陈腐复求新。

四

惊闻噩耗倍神伤，一奠清馐更断肠。
欲志哀词难下笔，云天化鹤吊何方。

一九九五年四月十五日

青岛建置一百周年纪念应全国书画邀请展

岛城建置百周年，滨海风光景物妍。
绿树红楼驱溽暑，崂山揽胜饮甘泉。

青岛太清宫

崂山道士渺无迹，紫府黄冠直到今。
最爱留仙讽世笔，托狐说鬼见深心。

题太清宫汉柏唐槐

太清水月荡轻盈，汉柏唐槐今更荣。

争与山川同不老，一轮红日照升平。

青岛建置百年征集书作有感

列强侵入遭蹂躏，大好河山付劫尘。

天日重光今雪耻，国仇家恨一齐伸。

一九九五年五月十五日

北大荒

黑龙江省密山市筹建北大荒书画苑和云水山庄碑林由中国书协向全国征集名家书作

云水山庄

白山黑水壮神州，云影松涛映碧流。

塞外风光真独秀，边城如画快清游。

北大荒书画院

北大荒兮今不荒，人文胜景两辉煌。

世称三绝诗书画，并喜湖山云水长。

一九九五年五月三日

慨咏三曹

为纪念曹操诞辰一千八百四十周年筹建三曹碑林而作

一门风雅誉三曹，子建才名八斗高。

萁豆相煎何太急，阿瞒机智亦堪豪。

一九九五年五月二十五日

纪念抗日战争胜利五十周年

一

腥风血雨忆卢沟，民族深仇大恨留。

狼子野心犹未死，金汤永固卫神州。

二

石狮依旧好风光，横扫倭奴胜霸强。

扑灭硝烟息战火，头颅鲜血换沧桑。

三

事变七七念不休，萦怀奇耻雪从头。

成仁取义英风在，重整金瓯众志酬。

四

老身幸得乐天年，引吭高歌正气篇。

长把吴钩握在手，和平统一建新天。

一九九五年六月六日

纪念牛子厚叶春善创办喜（富）
连成九十周年感赋

一

听歌菊部忆前修，京剧恢宏建大猷。

近世名优名剧史，李唐遗韵并千秋。

注：李唐指唐明皇李隆基选梨园弟子并亲为其正音。

二

茶园康乐历沧桑，喜富连成垂史章。

周马二生成绝响，誉驰国际属梅郎。

注：周马梅指周信芳、马连良、梅兰芳京剧表演艺术大师。

三

大吕黄钟音绕梁，旦生末丑净名扬。

待看京剧中兴日，传统出新喜益彰。

四

红氍毹上派纷呈，国粹精华有定评。

韵致声情应探讨，赢来观众更繁荣。

一九九五年六月二十四日

中国书法家协会主办全国第六届
书展特邀参展撰联有感

埋首耕耘旧砚田，后生终觉畏前贤。

年来阁笔勤求索，难得新风律主旋。

注：所撰联语：书道狂热，印坛新潮。

一九九五年七月三日

画家唐士成开设天地人画廊诗以贺之

一

我慕士成久，结交翰墨缘。

诗情兼画意，但觉主人贤。

二

平生游就士，并与德为邻。

贸易扬风雅，画廊天地人。

一九九五年七月四日

吉林市七青年翰墨联展

书林七子青年豪，墨海扬帆搏浪高。

八月江城添盛事，新风新尚涌新潮。

注: 七青年为:吴玉珩、李壮、张树、刘闯义、宋国平、刘文远、王朝中。

一九九五年七月十六日

杂感四首

乙亥伏暑，周君敬文嘱题孙世忠书永州八记，即成俚句聊以塞责

一

拜读永州记，伤怀柳柳州。

文章得六法，政绩足千秋。

二

司马传诗作，愁思寄大荒。

谪居集百感，惹我也回肠。

三

有道神交久，未登大雅堂。

今为书纸尾，博笑小诗章。

四

近年书道热，喜怪复崇狂。

精鉴多珍品，知君美富藏。

一九九五年七月二十三日

吊冯友兰教授

余谒冯友兰教授时其任清华大学文学院长

水木清华就士游，等身著作仰声猷。
可怜晚岁遭非议，逐浪兴妖诬孔丘。

忆冯淑兰教授

文星自古耀中州，妙笔生花敢比侔。
冯谢陆黄尊一代，君家兄妹占鳌头。

注：冯淑兰教授笔名沅君，为冯友兰教授之妹，与谢冰心、黄庐隐、陆晶清等名噪一时。

一九九五年八月三日

纪念抗日战争胜利五十周年续感

一

招展红旗日月高，欢呼胜利饮香醪。
金瓯重整金汤固，莫忘英雄血战袍。

二

抗倭漫话罪滔滔，杀气腾腾慑大刀。
更喜军心拼万死，觊觎狼子哭号啕。

三

缅怀英烈仰英豪，鼓角声声敌遁逃。
焦土三光惨在目，息平烽火壮旄旄。

四

河山光复复扬威，否认侵华淆是非。

但愿他年卫社稷，且看披甲凯旋归。

一九九五年八月十日

纪念抗日战争胜利五十周年
南京大屠杀有感

一

天惊水怒大桥横，万人投江不欲生。
为免惨遭刀下鬼，冤魂难慰恨难平。

二

重光天日吐真情，罄竹难书揭暴行。
迫害无辜刑供死，轮奸妇女杀啼婴。

三

杀人竞赛绝人寰，类似生番食肉肝。
残忍兽行述不尽，尚留白下血斑斑。

四

坚持抗战最英明，胜利红旗众手擎。
举国人民齐怒吼，春秋笔墨史诗成。

一九九五年八月十一日

大漠行六首

乙亥秋应内蒙古呼和浩特市之邀得句六首

一

为瞻青塚访青城，不避风沙跋涉行。
更喜高原驰骏马，牛羊遍地牧歌声。

二

茫茫大野拓胸阔，使我霜蹄又奋珂。

敢遣诗毫记胜景，天骄朔漠敕勒歌。

三

大汗英风旷代骄，纵横欧亚史堪豪。

开疆辟域执矛手，天马神弓好射雕。

四

古郡新城正早秋，草原一派绿油油。

青山戈壁黄河套，林立丘陵起小楼。

五

明妃远嫁和亲好，夜梦魂归悲未了。

恨不分身守墓门，何如化作青青草。

六

赠内蒙古自治区委副书记王占同志

大漠帐中暖，情同手足亲。

草原并试马，蒙汉一家人。

一九九五年九月八日

首届"布达拉宫杯"藏汉
国际书画展应征书作

高原雪域颂尧天，双建文明任重肩。

卅年自治辉煌业，又喜诗书结墨缘。

一九九五年九月十日

抗日战争胜利五十周年再感

一

抗日长八载，河山血染红。

军民齐御侮，举国振雄风。

二

民族雪奇耻，昭彰烈士魂。
英灵留史志，浩气并长存。

三

上阵杀倭寇，冲锋敌胆寒。
红旗飘处处，高奏凯歌还。

四

胜利欢腾日，兴怀无限情。
海峡盼一统，共建两文明。

一九九五年九月十一日

八十初度自述

一

八十春秋是与非，扪心自问尚无违。
栉风沐雨洋场梦，淡饭粗茶大布衣。
固守清廉远浊富，坚持勤俭本寒微。
半生苦被浮名累，痛惜华年逝不归。

二

少遭丧乱坎坷身，北走南奔坠网尘。
慈母含悲挥老泪，荆妻定省侍晨昏。
白门乞食难温饱，黄浦谋生未解贫。
历历伤痕犹在目，欣从祖籍度嘉辰。

三

夫愧梁鸿妇孟光，鲜花清酒奠他乡。
典钗易米寻常事，枵腹从公倍感伤。
鲽鲽死生双比目，鸳鸯福寿两难长。

开门七件均休问，一忆贤妻一断肠。

四

江湖落拓目迂疏，潇洒人间老病除。
冷暖备尝筋骨健，沧桑屡变世情殊。
悔浮宦海同鸥鸟，喜隶琅嬛作蠹鱼。
闭户著书新岁月，夕红大好照吾居。

五

孤寒何幸沐春风，雅道游扬似梦中。
一领青衫仍故我，十年面壁未穷通。
言志抒情敦教化，新声近律荐谁雄。
羡步诗坛年最少，而今白发已成翁。

六

身已离休志未休，不甘伏枥策新猷。
每怀慈母择邻苦，时念恩师诲士游。
誓死复仇倭寇恨，偷生端赖稻粱谋。
卅年谨守青毡业，老作儿孙鳛马牛。

七

脱却征衫换旧裳，静观商海识汪洋。
学吟不忘琴书乐，鬻字犹存翰墨香。
品茶煎雪助诗笔，饮酒读骚壮史章。
老树春深花更茂，天年颐养自康强。

八

莫笑书痴又画痴，昆刀缪篆并心驰。
镕秦铸汉开新面，法赵师吴越旧姿。
浑雄高古勤求索，破碎支离戒步随。
玉版朱泥蝉翼拓，他山攻错友兼师。

九

画印诗书展殿堂，京城轰动誉琳琅。
黑粗野怪评高下，安雅端庄比短长。

巨制金文众赞赏，荣颁励状馆收藏。

主持协办皆关爱，并谢扶轮慨解囊。

十

长夜漫漫盼曙光，埋名隐姓一身藏。

逢春枯木鸿钧转，革故鼎新元祚昌。

未改书生真面目，不存市侩伪心肠。

无为老朽羞颜庆，聊备山蔬共举觞。

一九九五年十月二十七日

挽张报老二首

一

传奇色彩喻张老，诗魄词魂痛上林。

梦幻生平同洒泪，天涯到处有知音。

二

冲怀远抱迈前贤，伤逝哀吟寄断篇。

历尽辛酸人世味，燕山风雨哭长眠。

注：报老著有《伤逝断篇》

一九九五年十一月五日

吉林春雪四首

一

东风卷雪上瑶台，满眼冰花到处开。

天净乾坤清入骨，喜人爽气又西来。

二

江楼咏雪筑诗台，快雪时晴晓色开。

雪韵淞城添胜景，长堤雪柳报春来。

三

玉龙飞舞上亭台，赏雪披衣小阁开。

俯瞰江流腾细浪，轻舟点点日边来。

四

银屑无声堆玉台，霜天将曙雾初开。

沿江踏雪还童乐，胸涌诗思笔底来。

一九九五年十二月十二日

读刁书仁教授著
《明清东北史研究论集》书后

一

春秋秉笔广搜罗，拜读宏编受益多。

别有真知同赞赏，康乾盛世可讴歌。

二

有清体制论周详，通考通诠入典章。

唯物史观足借鉴，以今征古信非常。

三

誉清学术融中外，汉宋并称贯古今。

四十万言传巨著，拟将信史述书林。

一九九六年一月二日

中央文史馆建馆四十五周年书贺

恢宏文史编，述作赖群贤。

敬祝春秋笔，名传亿万年。

一九九六年二月九日

我市文庙博物馆举办迎春笔会书贺

迎春飞雪墨飘香，雅聚江滨圣殿堂。
更喜诗情兼画意，文明双建两辉煌。

一九九六年二月十一日

丙子元日

新岁日瞳瞳，昨闻午夜钟。
顽躯安塞北，荆妇逝关东。
才薄书还读，诗穷句未工。
起蛰苏万物，茅舍正春风。

一九九六年二月十九日

铁书新章

梦嘉治印甚夥，近推出力作付梓。钦佩之余漫赋小诗一章，奉答雅令

印坛正脉出新章，融汇诸家萃众长。
喜看铁书传盛世，宗秦法汉入毫芒。

一九九六年二月二十六日

九台诗社成立十周年志庆
并致聂德祥同志吟正

阆苑诗英聚九台，奇葩十载报春来。
鸿篇又喜添新页，韵雅声清俱妙裁。

怀聂德祥同志二首

一

华章频惠不辞遥，漫把高吟付玉箫。

雅羡摩天鸿鹄志，独钟试剑领风骚。

二

喜君激浊又扬清，大赛诗坛有令名。

弃粕取精多卓见，二为双百两文明。

一九九六年三月一日

石猿

友人近获得松花江卵石绝似古猿头像有感

小小石英类古猿，精灵活现出天然。

女娲补就云中锦，剩汝独存亿万年。

一九九六年三月二日

忆先室芝馨

夫君虽鲁但痴情，无计丢思日夜生。

欲赴招魂心已碎，挑灯和泪卧天明。

一九九六年三月十日

赠鲁砚专家葛守业先生二首

一

媲美端州一砚田，笔耕麝墨紫生烟。

亦雕亦琢称高手，妙造神奇法自然。

二

久思拜谒苦无缘，把砚铭心润且妍。

昨梦恍如亲大雅，德同璞玉比贞坚。

注：守业先生前赠徐公石砚，曾赋诗以谢，并作砚铭因无高手迄未镌刻兹录存之。

徐公砚，兼方圆，腴且润，贞而坚。谢良友，结墨缘，贻子孙，寿万年。

一九九六年三月二十九日

青岛主办香港回归百位书家邀请展

南望红旗展，长风万里扬。

百年雪奇耻，携手建香江。

一九九六年四月十日

幽篁

刘杰女弟谒韶山毛主席故居，归途移植幽篁数株为赠，今已十余年矣，睹物思人，不胜怅然

一

几本韶山竹，半窗苍翠阴。

虚怀堪作友，共识岁寒心。

二

羡尔坚贞骨，屈身腰不躬。

小斋名补学，砥砺竹梅松。

一九九六年五月一日

梦先室来舍诗以记之

身在边城心九泉，梦中谈笑似生前。

烹茶洗砚浑如昨，一往情深非偶然。

一九九六年五月二十六日

志哀

哭贤嫂曦宇夫人仙逝，结缡六十七载相依为命，老而弥笃，挽诗四章录二

一

噩耗惊闻动地哀，无从寄泪洒泉台。

虚陈俎豆容先拜，为乞幽冥福佑来。

二

殡仪火化送升天，善目慈眉如入眠。

淑德懿行誉梓里，更彰子孝又孙贤。

一九九六年六月一日

谑题二首

徐善循画师为绘速写像，我以蓑笠图视之，戏题二首

一

江山风月水云天，意在虚无垂钓船。

不用烟蓑又雨笠，鱼筌两忘乐陶然。

二

八十山翁筋骨健，善循图我庐山面。

久钦阿堵笔传神，三绝虎头今又见。

注：顾恺之字虎头，画人注重点睛，曰传神在阿堵中，时称三绝，为才绝、画绝、痴绝。

一九九六年六月十日

笑慰

曦宇兄丧偶曾作挽诗四首，闻哭之愈恸。再成俚句，以慰，愿破涕为笑也

一

遥望南湖新一村，似听兄嫂话温存。

全归福寿已无憾，莫再泉台洒泪痕。

二

昔日近邻今远村，时怀淑德典范存。

逾恒哀毁原无益，应破啼痕作笑痕。

一九九六年六月十八日

世孝兄惠赠恨石绘苍鹰图诗以答谢

苦翁遗意恨翁笔，山岳钟英见性灵。

割爱远贻诚可感，莫非神物海东青。

注：海东青为鹰类中最俊者，产于辽东，现已濒于绝灭，满族视为神物。

一九九六年七月二日

雾凇吟十二首

一

雾凇奇景世人夸，雪柳江滨解冻芽。

昨夜预知春意暖，今朝漫步赏冰花。

二

长堤垂柳映朱霞，一夜东风著玉葩。
四大景观推此景，银蛇飞舞乱横斜。

三

雪后松江景物新，天开玉宇净无尘。
不知柳外飞来絮，疑是梨花报早春。

四

雪岭幽航西复东，冻云烟柳教堂钟。
大桥小立垂虹影，白玉条条趁好风。

五

北国江城迎客来，江楼远眺畅心怀。
天公特许添清景，冬月银花处处开。

六

玉龙脱甲洒人寰，装点江山蔚壮观。
素蕊璇花浑似画，坚冰层雪不知寒。

七

两岸垂杨织玉条，一江鸭绿半虹桥。
碧晴金发齐摇滚，雪地冰天舞热潮。

八

世界琉璃水晶花，银沙铺地玉无瑕。
欲师造化神来笔，就教天然大画家。

九

苍苍松柏傲霜华，雪柳压枝势欲斜。
最羡天公能事尽，千姿百态画冰花。

十

莫道残冬百卉凋，又逢佳节雾凇潮。
千条玉柳因风舞，傲雪冲寒色更娆。

吉林三贤集

十一

又立江桥看碧涛，满城冰雪盛今朝。

游人不舍多情柳，日日东风舞细腰。

十二

八十童心尚未消，漫将兔颖写风骚。

皑皑白雪迎新腊，眼底冰棱也自豪。

注：历年所作雾凇吟草略加删定。

一九九六年七月五日

前作悼亡妻诗十首曾续四首再续三首

一

絮语温馨一梦中，为图遗像总相逢。

含情脉脉魂来往，泪洒苍天巾染红。

二

情天难补又增欷，旧梦重温誓未违。

老去填词尤缱绻，叮咛私语记心扉。

三

悼亡再作写诗笺，傲骨柔肠似少年。

欲振雄风重抖擞，何如梦里续团圆。

一九九六年七月八日

禽言诗

悼先室芝馨夫人三周年

鹁鸪鸪，鹁鸪鸪。哭先室，泪双枯。小字芳名日夜呼，盼来尺鲤剖无书。且旌贤孝侍翁姑，诗书知己沫相濡。愁眉三载未曾舒，鹁鸪鸪，莫嗔负汝薄幸夫。

鹈鸪鸪，鹈鸪鸪。悼贤妻，痛六腑。丙子值年逢硕鼠，笑我痴情又愚鲁。老却诗坛辞盟主，但羡鸳鸯游南浦。谁怜两地相思苦，鹈鸪鸪，酒入愁肠化酸楚。

一九九六年七月十八日

再登长白山三首

一

信步山头看日升，一轮霞蔚复云蒸。
此身未老心犹壮，跃上峰巅又几层。

二

四围山翠郁葱葱，老马识途认旧踪。
望断主峰天外去，尚存峻岭梦魂中。

三

青松不老柏森森，归路哼成作啸吟。
极目峰峦绵不绝，云横飞瀑聆清音。

高山茶

长白山峰顶产山杜鹃，生命仅三个月，可制为茶，清香适口

一

末登长白顶，惠品高山茶。
梦寐怀吾友，盛情实可夸。

二

华夏茶文化，东瀛效亦佳。
陆经须再续，山野有奇葩。

天池问答

问尔天池水，奔腾何处流。
三江主总汇，大任作源头。

岳桦林

羡尔顽强骨，冲塞成茂林。
虬枝兼铁干，不畏雪霜侵。

一九九六年十二月二十日

遇雪

　　白山市委副书记张福有同志，冬登长白山遇雪深达三尺，跋涉七小时始归，诗以记之

健步登山弃杖藜，高寒遇雪没腰齐。
茫茫四野无行迹，平步青云自有梯。

一九九六年十二月二十五日

林海心声

意庵起山篇

厉凤舞 著

前　言

　　我的终身伴侣厉凤舞，1918年3月出生于辽宁省盘山县一个知识分子家庭。1940年毕业于奉天农业大学林学科。此后即从事林业工作，并将一生奉献于祖国林业事业，是一位林学造诣颇深的高级工程师。他文史兼通，尤擅长诗词，在长达半个多世纪的林海生涯中，一直以吟咏古诗词来表达自己热爱祖国、热爱人民、热爱事业的心声。

　　凤舞在学生时代即强烈反对日寇侵略，沉痛低吟："见强敌经营眼底，望故国糜乱心惊。辽东沦溺，中原鼙鼓，相对饮泣不成声。""且忍辱卧薪尝胆，挹取四海清。俟重游，景物依旧，驰猎东瀛。"凤舞大学毕业后，全身心地投入到营林事业之中，不辞劳苦，积劳成疾。他以顽强的毅力，与病魔抗争，"跃床奋起，坚信念，不再消沉。发潜力，沸腾热血，生机作吼音。"凤舞病愈后，立即投身于茫茫林海中。他描绘当时的情景是："林人怀壮志，深秋测林间。岭阴涉初雪，石下避风寒。胫下冰方解，凉水送冷餐。俯瞰山河丽，热血似清泉。"吟咏自己的心情是："迷恋山川美，梦魂林泉间。""松辽成树海，壮怀干云天。"凤舞在探索森林奥秘的过程中，热情歌颂祖国的壮丽山河："层叠峰峦环抱，只松涛傲啸。春柳舒眉，螺黛流波，杜鹃含笑。多娇如此江山，寄痴情多少。"凤舞无限热爱国家领袖，周恩来总理逝世后，他填词哀叹："伟人长辞矣。念平生光明磊落，举世铭记。""国之良弼谁堪比？为人民丰功伟绩，罄纸难已。"看到国家建设欣欣向荣，凤舞热情讴歌："政通人和民心悦，重整山河焕彩虹。额首中华值盛世，百代难逢庆伟功。"凤舞看到森林被乱砍盗伐，便痛心疾首，咏诗警告："激扬壮志探密峦，古树参天张碧伞。攀登山峰忽开朗，惊讶生态受摧残。农耕逐侵如蚕蚀，水土朝夕走泥丸。政令空文无忌惮，浩茫小我起浊烟。"凤舞到了晚年，仍壮志不减当年，日夜操劳，并从事中医学研究，义务为患者送医送药。他表明自己的志向："夕照余生感血热，老骥枥下愿长鸣。""我自竭诚催万绿，魂绕神州寄痴情。"

　　凤舞同我青梅竹马，总角之交，历六十余年。我深知他热爱事业，热爱生活，为人正直，博学多才。作为凤舞诗词创作的第一读者，我常常被他那无私奉献的精神所感染，古人云"诗言志"，凤舞的诗词就是他一生高尚道德情操的真实写照。

　　这本《林海心声》诗集，选入凤舞诗词218首。诗词跨越半个多世纪，受时代及种种条件局限，诗词中难免有失偏颇之处，敬请读者见谅。

赵剑凡

一九九七年一月三日

双十小像自箴

一九三八年春由分发剪为平发前曾拍一小照，因为五言古诗以自励

年华已如许，碌碌愧无智。

尔岂甘自弃，低首下人死。

既具五尺躯，便当励心志。

优游无恒毅，非尔父母子。

一九三八年三月十五日

农大实习即感

一九三八年六月，农大林科前往章古台实习测量，乘马驰过沙丘即感

塞外风沙卷地吹，旌旗摇舞幕云灰。

荒原揽辔思颇牧，故国神游博浪椎。

一九三八年六月

多丽　支笏湖早眺

一九四○年八月中旬，修学旅行至日本，十三日晚与某高农学生在北海道联欢，余与同学陈君云岫同唱岳飞《满江红》词，气壮山河，声震屋宇，敌生为之气馁。翌晨余与陈君凭支笏湖远眺，心绪波涌。因为赋。

梦初醒，湖山寂静波平。忆昨夜酣歌激切，壮气震撼膻腥。见强敌经营眼底，望故国糜乱心惊。辽东沦溺，中原鼙鼓，相对饮泣不成声。掬一点光复宏愿，耿耿寄痴情。

休遗恨、断送年华，贻臭汗青；最伤神、奴颜乞欢，那堪宿忿欲倾。拟樽前志士鲜血，凭支笏离客幽情。举目风云，感怀毛羽，五内焦郁顿愁生。

且忍辱卧薪尝胆，挹取四海清。俟重游，景物依旧，驰猎东瀛。

一九四〇年八月

郊游

林园漫步洗新愁，满目苍黄景色幽。

百卉凋零霜正厉，独遗松菊傲深秋。

一九四一年九月二十日

白杨吟

庭后白杨树，笔直数仞余。

层楼深环绕，一任鸦雀栖。

春来发新条，扶疏若自慰。

塞途厌榛莽，倾心慕松菊。

淡泊表操志，不为风势屈。

识材须良匠，堪任栋梁躯。

献身为书籍，正论化执愚。

亦愿作篝火，明灯照暗宇。

一九四六年四月二十日

东陵

东陵楼上望烟尘，不住松涛送吼音。

沈水萦前白浪卷，长丘迤逦紫气临。

栋栏雕画格局巧，垣瓦朱碧气象森。

万般经营为枯骨，千秋谁解匠人心。

一九五〇年六月一日

浪淘沙　北戴河海滨

在北戴河疗养，晨起登海滨小亭，见境界超凡。

朝霞抹淡烟，娇艳空前。滚滚碧波竞云天。西山横卧浑如醉，亭倚绝巅。
引颈望桑田，千古瞬间。秦王欲壑笑难填。倾慕纯洁如苍海，化浊为鲜。

一九五八年五月二十八日

浪淘沙　游联峰山

游联峰山，凭高远眺萦怀万千。

瑰宝饰幽燕，钟秀人天，夕阳暖暖映归船。浩瀚顿除心头恙，远景无边。
潮汐几多年，政失先鞭，纷纷扰攘赘史篇。递响松涛似缕诉，辛苦人间。

一九五八年六月一日

咏海

一碧殷情亘古今，生机鼓荡万源新。
蒸腾化育及时雨，动静交泰惠物心。
吐纳磅礴通滞息，呜咽沉痛吊浊氛。
苍生渴待清凉饮，肯任煎熬献此身。

一九五八年六月一日

游观音寺

西山观音寺正在修缮，前门海神像旁之童男童女已彩绘艳丽，而后殿之玉石观音雕像神态如生竟灰尘遍体，钟亭明代大钟虽精美无损而无人敲击。徘徊久之，乃拍照以志鸿泥。

循山迤逦看青松，岸岸风情撼碧空。
寂寞长桥听啼鸟，辉煌古刹鲜高僧。
泥塑童子涂朱已，璞玉观音蒙垢中。
依旧洪钟甘沉沉，阶前小坐乘微风。

一九五八年六月一日

吊屈原

一腔悲愤似汪洋，倾泻不宜沉楚江。
举世昏昏君独醒，苍天郁郁我疾狂。
临风巨浪淘千古，引吭高歌代素香。
寄语器龙应顶礼，离骚不朽正气长。

一九五八年六月二十一日

如梦令　海滨眺望

煤矿疗养院西方海亭，前临大海，晤对西山，为一佳境，吾每晚必携二三同伴来此眺望，每至夜深，犹依依不忍离去。

万顷翠波白练，含黛西山掩面。沙鸥傲烟霞，遥看归帆片片。驰念，驰念，依偎云天不倦。

采药

　　与冯坛山同志到西山采药，在风雨云雾、雷电交加之下，空山无人，成一奇境。我等坐于山顶大石上，静观山海、云雾、林野、田舍之景，高唱《满江红》，声随风去，雾拥雨来，大有佳趣。

> 荷锹持伞步高崖，雾气茫茫雨欲来。
> 采罢黄精篮已满，掘获桔梗花正开。
> 朱亭小立风击耳，绿野豪歌雾入怀。
> 整顿药囊容百草，人间普济慕医材。

　　　　　　　　　　　　　　　　　　　　一九五八年七月十九日

勒石寄兴

　　午后与纪剑秋、刘文章、冯坛山三同志到桃源洞探胜，炎阳高挂，大地如焚。我等游兴大发，攀登洞后大石，四望豁达无际。我在一圆柱形大石前瞑目趺坐，存神调息，大有高世之意。乃以四人名字为诗，勒于石上，以志胜游。

> 艳光直射似火牛，抖擞精神浪迹游。
> 剑气横秋凌纪野，文章豪放见诸刘。
> 坛山二马多超逸，凤舞景阳罕可求。
> 振笔勒石成一快，白云冉冉过碧洲。

　　　　　　　　　　　　　　　　　　　　一九五八年七月二十日

青玉案　夜坐咏荷

婷婷久惯渠塘处，夜色里，风共露。任凭沙尘吹不住。嫣红吐艳，嫩绿多姿，漫与流光度。

群芳惜被声名误，空有甘霖难出户。轻飘广袖且起舞。月明星稀，蛙栖潮咽，清香溢亭路。

一九五八年七月二十五日

夜海

今晚海面非常平静，落日含山，云天一片鲜红，艳丽无比。俄而月光涌出海面，清光下照，皎洁如画，海上成一奇观。

迎风亭上眷云天，淡点朱唇半赪颜。
蟾影婆娑临静海，鳞光一片夜初阑。

一九五八年七月二十八日

水龙吟　赠摄影师

描天妙手奇巧，包罗万象出人表。丹青镜里，乾坤在抱，幻用常绕。青山含黛，碧海摇波，亭榭烟袅。念饱经阅历，风光人物，摄入镜，知多少？
谁谓驻颜无术！惜青春，芳容常小。刹那之间，人天色相，写实完了。轻挥彩笔，不欺暗室，功绩岂渺。惜机能有限，临风即兴，怕昏与晓。

一九五八年七月二十九日

扬州慢　北戴河海滨纪游

山海名高，冀东胜地，林下聊慰闲程。览联峰晓日，极四野碧青。送春风，匆匆归去，落红满地，心下犹怦。倚新亭，昂然远望，眷恋长城。
怪石狰狞，似叠卵危立堪惊。看波影烁光，飞涛戏岸，勾动诗情。艳绝黄昏霞照，月皎洁，沙鸥潮声。惯小园清坐，念随幽香时生。

一九五八年八月二日

西山眺望

暑雨新晴倚画亭，清风碧海眺波平。
辽东隐约云烟里，屏列群峰点点清。

一九五八年八月九日

卜算子慢　长堤晚趣

　　红霞射艳，翠峦含烟，一湾暮海如睡。倚栏闲眺，海风惠我凉意。荡微波，几点苍礁里。系孤艇，沙洲寂静，小童拾贝相继。

　　灯火山村里。瞩明月高悬，群星丽水。崖边偃卧，静听风涛奏曲。夜如洗，且凝思澄意！念苍茫，辽阔如许，寓壮怀凭寄。

一九五八年八月十日

破阵子　海浴

　　玉肤莹洁银练，海波荡漾深情。嬉戏多姿青春貌，伴奏雍和天籁声。起伏态盈盈。

　　风度宏伟堪慕，失足沦溺可惊。任我通身涤秽垢，岂计温凉浮沉名。仰望白云生。

一九五八年八月十六日

赠病友冯坛山

中原有豪士，年少意气雄。
海滨扶疴遇，谊同鱼水融。
兴来游山林，联峰作枕拥。
浴盆藉渤海，碧波沁心胸。
雅爱观音寺，挺秀云杉松。
禅定石挂剑，匿身崖隐踪。
偎松亭畔树，君情誓盟钟。
翠峦蝉声晓，西厢识徐翁。
昙华一何速？九九竟疗工。
驿亭挥手去，眷恋各西东。
祝君鹏程远，保健是警钟。

一九五八年八月十七日

蝶恋花　赠病友徐中山

古刹青山经历久，金碧辉煌，雕玉世罕有。寞寞铜钟声依旧，老槐消沉黄松瘦。

屈曲龙爪胜弱柳，西廊小坐，舞剑且屏酒。激切蝉声风掣袖，清幽最是新雨后。

一九五八年八月二十日

赠病友刘文章

刺槐飘绿裙，芙蓉曳红妆。
攀峰观日晓，浴海舞姿张。

谁意扶疴地，竟得识刘郎。

琴画钦艺巧，音韵有专长。

夜阑赏明月，卧听崖下浪。

海眼同探胜，小憩忆丁庄。

老虎石观钓，足血志行藏。

人生感易老，倏忽失所向。

我虽多病躯，宏愿似汪洋。

与君同振奋，早莅康泰乡。

一九五八年八月二十一日

登山口占

插剑高亭气万千，东风掠鬓欲翩跹。

凭阑远眺图一快，无限青山无限烟。

一九五八年八月二十二日

佳人醉　海滨即笔

　　午睡后与刘文章、郑国栋二同志在老虎石北海滩游泳，水碧波平，雅兴勃勃。足趾被蛎壳刺成长口，血流如注，老虎石上血迹斑斑。旋见有长幼二人用附有绞盘之钓竿，提精致提篮及渔具垂钓。长者每钓必得，而少者一无所获，时而相顾一笑，意态殊异。见其渔具为东京出品，可以断定为日人。彼人之进步，实吾人之隐忧。举目海内，感怀无量。

　　弹指流光飞去，又是早秋天气。看晴波涌翠，飞涛溅雪，苍茫无际。万里长空一碧，赏巧云变幻奇形砌。

　　崖边观钓，自念那堪病魔！康复何日？老骥志千里。劳延企，积疴顿已，不再气馁腰细。

赠秦子忠

秦司北戴河铁路疗养院煎药工作，为人勤奋不倦，感其热情相待，临别赠言。

参芪堪大用，炉火终岁燎。
无数疗养者，感君蒸气绕。
热情以服务，不计名位小。
我自入院后，曾约识百草。
蟾光三度园，因循未践约。
际今将阔别，相慕意未了。
赠此片言段，聊为寸心表。
祝君多发奋，前程东方晓。

渡江云　征服痨魔

积疴涉岁月，似坠迷津，迢迢求健心。精销神复萎，骨立如柴，佳期倦登临。跃床奋起，坚信念，不再消沉。发潜力，沸腾热血，生机作吼音。

且寻，东垣遗籍，仲景方书，乞顽躯高枕。庆获得、草根献力，树皮称心。丸散大显经纶手，灭痨魔、欢若飞禽。趁芳时，登峰一鼓清琴。

一九五八年十一月十五日

图们随笔

穆穆苍山枕碧流，植林人丛满溪沟。

熏风吹动及时雨，大地回春永勿秋。

一九五九年四月二十六日

小姑家口占

饱赏春光忆旧游，无情病海泛孤舟。

当年稚树已如许，手揽青松意悠悠。

一九五九年六月

扬州慢　沈吉线上

阵雨初霁，晚风递爽，铁马轮转新程。看郊原林丛，眷松叶滴青。念光阴，真同过隙，当年稚树，葱翠亭亭。望四野，润泽浴罢，驶别江城。

两侧群山，尚濯濯，极待人工。愿运用小技，剪裁佳袄，聊表钟情。暮云腰施白练，崖影动，大地无声。怀营林壮志，寄托山野余生。

一九五九年六月十四日

梅集线上随笔

梅河小坐试宵凉，午夜车厢入梦乡。

促我晨光揭绿色，迷山晓雾假红妆。

翠林老站风致好，大地新生气势长。

雅爱东边情不禁，车中引颈望苍茫。

一九五九年六月十六日

人月圆　夕阳山景

峰峦云树钟奇秀，大地孕烟霞。无边沃野，叠叠堆黄，山曲人家。

秋阳晚照，白花耀眼，林薮孤鸦。江郎彩笔，锋芒待露，渲染天涯。

一九五九年六月十九日

迷神引　红松吟

树海峥嵘遗朝暮，久听鸭绿东注。翘楚辽东，材干云路。慕光明，择沃土，喜湿度。五叶岂标异，德之伍。结实香气醇，劲节固。

回首前尘，生机多迟误。五载床圃，雄心阻。榛荆之下无所苦，期容物。通直不阿，材质美，堪砥柱。诛伐实无度，山河酷。且繁衍林野，生机足。

一九五九年六月二十五日

车行即景

晨起乘火车行至长图线铜佛寺，凭窗北望

炊烟晓雾绕前川，半露高峰不见天。

低首群牛食落叶，茅屋一片曝椒鲜。

怜玉吟

红叫映秋阳，探胜步林岗。

忽见岩丛里，莹洁发奇光。

趋就细赏识，珍品玉之王。

肤理腻如乳，温丽且端方。

俯身欲拾取，联结顽石长。

怅然依依去，雅注弗能忘。

因念宇宙间，事理何茫茫。

同一石之质，遭际有参商。

雕塑豕与犬，造型实可伤。

我欲为良匠，留恋又徜徉。

良璧应无恙，琢为圣者像。

一九五九年十月二十六日

造林写实

绿化山河壮志坚，激扬热血献人天。

朝夕踏枕①风雷里，几度披霜榛莽间。

小店清风吹月落，空车炉火烘衣单②。

奋身林野忘天色，且忍饥肠亦心甘。

一九五九年十月二十七日

注：

①在铁路沿线造林时，踏着枕木来往。

②为了方便，经常乘货车尾部的守车烘已经湿透的衣服。

赏杜鹃花

深秋在老头沟水土保持林山中见杜鹃花盛开

独步深山赏碧林，凄凄芳草伴风吟。

惊奇杜鹃花解语，倩笑朱颜表会心。

一九五九年十月二十八日

老头沟北山

改造荒山探涧源，秋风振野鸟盘旋。

停足崖下挥额汗，瞩目天边起淡烟。

巴岭①迷离峰百叠，铜佛②隐约汇多泉。

山河气势欣壮丽，彩笔轻描艳大千。

一九五九年十月二十八日

注：

①指哈尔巴岭。

②铜佛寺方向。

登小姑家山峰望林地

攀峰屏息望丘陵，列阵纵横似陈兵。

假我十年专建设，林村如画满山青。

一九五九年十一月二日

秋思

摧残落叶笑西风，瑟瑟空林撼碧松。

斗转星移春意动，群山花果竞青葱。

一九五九年十一月二日

菊展

园林艺术占鳌头，菊海深情意未收。

寄语东篱多化育，人间异彩耀五洲。

一九五九年十一月十五日

冬游

集安飘雪罩边城，皑皑群峰峙银屏。
巨冢巍峨凭荒草，苍碑傲岸立华亭。
江山雄伟激豪气，故国复苏动寸情。
仆仆风尘千里路，为求宇内万古青。

一九五九年十二月二十三日

水调歌头　林业战士

迷恋山川美，梦魂林泉间。投身营林线上，育苗愿望坚。手令千山竞秀，足催万水争碧，热血化诗篇。松辽成树海，壮怀干云天。

奋全力，跨荒原，挥长鞭。且看鸟语花香，点缀江山艳。培育良材无量，遥期万紫千红，美果风味鲜。期风调雨顺，慰长征凯旋。

一九五九年三月十五日

柳浪闻莺

柔柳舒眉闪碧金，浓妆西子动情深。
嫣红倩笑莺声起，阵阵萦思步榭林。

花港观鱼

间关探胜临花港，仰首金鳞待落花。
雅爱绿竹思君子，青松摇翠映日华。

三潭印月

一阵幽香溢绿洲，晴波荡漾曲径幽。
三潭印月今无月，垂访遥期待新秋。

曲院风荷

且乘夕晖赏碧峰，清波曲院满枝红。
如织荷叶蛙声起，双桨轻舟与飞同。

岳王坟

总角师凭孺慕深，湖山依旧念英魂。
相台奋起钦忠义，五岳题词鉴坚贞。
一曲寒蛩成知己，满江正气动人心。
千秋有幸抚青冢，万缕思潮泪满襟。

忆秦娥　吊鉴湖女侠

钦英烈，冲破樊笼志坚决。志坚决，力挽乾坤，气吞日月。

拯国殉难诚凄绝，义侠凛凛照吴越。照吴越，西子不孤，杜鹃声咽。

望海潮　西湖怀古

张苍洒泪，岳墓低回，民族几许精华。探胜飞来，登临遥望，烟柳飘红万家。谈笑话桑麻，念香山清雅，波弄堤沙。钱镠往迹，赵构斜阳幻烟霞。

湖山依旧绝佳。际春光流艳，传麝奇花。文种浅识，陶朱卓见，浣纱凭吊施娃。色相胜爪牙。凄凄连朝雨，误却游侠。埋骨青山再晒，漫把情趣夸。

玉蝴蝶　吊于忠肃

人间正气，清廉最著，大节铮铮千古。热诚关怀黎庶。诸盗慑伏。巡晋南，父老开颜；抚豫北，灾民始苏。经行处，德泽普被，颂赞龙图。

胡虏，也先入侵，庸君北狩，万骨为枯。幸赖胆识，力排众议国基固。拔人才，士气大振；卫京师，声势不孤。恨奸邪，自坏长城，死有余辜。

上海人民公园题照

久慕东南景，今来上海城。

黄浦观春晓，嫩绿映初晴。

江船如游鲤，扬帆奋初程。

堤路花木里，侪侪成人丛。

长幼齐操练，生气发人醒。

我亦演龙拳，聊作雄发纵，

于焉历长衢，公园觅芳踪。

神州诚伟大，热血如潮涌。
倚栏且微笑，柳杉遥相拱。
捧此青春血，献身山河骋。

咏桑

久经沧海障田边，竭尽生机饲万蚕。
甘作龙钟枯陋姿，为求锦绣灿人间。

望湖

微山湖畔绕云烟，无数樯帆载渡繁。
半壁远山横水曲，苍茫一片映云天。

春山

春山妩媚拟红颜，如醉娇姿卧大千。
几度东风通款曲，朱唇黛鬓色愈嫣。

风入松　驻春词

驹光且缓怕春残，日夕偎林边。黄莺晓意添佳趣，报春归婉转枝前。劲松巧铺地毯，柔柳轻舞秋千。

怜惜群芳愿输钱，凄冷厌风烟。淙淙掠取春归去，愿春心萦怀人天。唤春从此长驻，孕育锦绣江山。

一九五九年六月十六日

小姑家大冰湖沟赏翠崖

几日篁林不见天，豁然奇境叩心弦。

无边雾罩千峰雨，有限石滴万壑泉。

瑟瑟金风丹枫醉，浸浸晓露碧松翻。

翠峦千古罕人赏，放眼云霄觅驻颜。

一九五九年九月九日

鹊踏枝　牡图线上

火车中见牡图线附近水曲柳远较他处为旺盛。

泡影朱颜因循误，依窗无言，又是秋将暮。几许凝思长图路，遍洒心血滋群树。

惊奇曲柳生机足，肥瘠异情，衷曲共谁诉！明岁多播松与柏，郁苍十载欢歌处。

一九五九年九月二十八日

森调遇雨避大红松下

杖策攀峰觅栋梁，群山莽莽舞霓裳。

眼前咫尺径难得，耳侧千军势方张。

栗栗凄风知衣少，霖霖苦雨觉时长。

铭刻庇护松君子，任公挺秀峙林岗。

风雪岭

在小姑家测量，风雪之后满山皑皑，膝下完全湿透，西风瑟瑟，饥寒交加，坐于峰上大石下就餐，因命此峰为风雪岭。

林人怀壮志，深秋测林间。

岭阴涉初雪，石下避风寒。

胫下冰方解，凉水送冷餐。

俯瞰山河丽，热血似清泉。

一九五九年十月十七日

碧阳瀑

从治财村西沿溪流而上，有小瀑下注石潭，其北侧山阜风景绝佳，因名为碧阳瀑。

山行方十日，佳境在林泉。

小峰如环拱，艳阳射溪湾。

云杉发嫩碧，亭亭倩姿娴。

淙淙品天籁，小瀑叩石潭。

珍奇春常在，幽静胜桃源。

遥期待休老，结庐偿宿缘。

一九五九年十一月二十二日

东风第一枝　水库远眺

春回大地，融尽残雪，远山烟蒙欲雨。凭堤鳞光闪闪，鸭凫戏泳浅浦。湖山多丽，令我踏青增趣。顾沃野耕犁来往，挥毫南亩佳处。

经济念，积蒂难除。青云路，宏愿几许？山河应须妆饰，人间事志为主。仰望苍茫，安得片疆执鼓！效苏白，留迹西湖，任人怀望千古。

一九六一年四月二十一日

临江仙　勘测土们岭山林

育林宏愿正气长，杖策漫步林岗。俯仰几度赏秋光。群峰流翠，品松叶飘黄。

平生树海常为客，凭高意气难忘。山洞钟秀沐夕阳。殚精溪谷，冀松柏葱苍。

一九六一年九月十五日

老头沟凌云崖

远山依夕阳，攀登千仞岗。

苍鹰翔脚下，白云展素裳。

环顾千万壑，起伏如叠浪。

秋风摧崖树，瑟瑟诗意长。

山雉鸣谷底，芳草送幽香。

顶峰徘徊久，依依爱此乡。

行当荷锄镐，济世掘芪黄。

同游归心急，高歌踏月光。

一九六一年九月二十日

雨中花　大郑线上

塞北风光萧索，暮色低垂，冉冉风烟。晤对丘陵丛树，向往名园。淡淡云天，莽莽大地，酣睡千年。俟龙凤纯才，开发宝藏，遍地生钱。

车行辘辘，幻想无边，共谁尽兴樽前。朔青史，汉唐事业，岂是偶然。涵蓄蓬勃精力，笑看草原呈妍。何物促我，渴望乐土，魂梦流连？

一九六一年十一月十一日

瑞龙吟　通辽抒怀

参加铁道部在通辽宾馆召开的全路林业会议，晨起从宾馆楼上眺望。

晨凝伫，极目屋舍鳞比，千门万户。雄峙松漠重镇，缅怀往古，锋镝频处。孤鸦舞，晓霞籁静天高，依稀云树。堪惜宏伟殿堂，既乏真宰，焉觅温语！

传闻沙丘浩瀚，白骨犹存，凄风如许！拾得千古鞍铁，沉锈如故。谁还忍得、喋喋事辞句！须早日缓策轻骑，驰驱大漠，筹措锁钥去！未酒偏生激昂意绪。依依情万缕。施仁术化育和风细雨。徜徉绿洲，吟弄风絮。

一九六一年十一月十二日

通化玉皇山

瞰江亭上望江城，拱峙群峰无限青。
迂曲佟江翻碧浪，庄严古寺绕翠屏。
长白毓秀添活力，暮霭迷离动素情。
我欲乘风飞仙去，横绝云霓窥太清。

一九六二年五月二十二日

题高葆森小扇

锦州铁路局林业工程师高葆森君扇上有汪洋碧水、小舫、楼台、草树、红花，因题诗于其上。

一片水天夏日长，知谁雅兴弄游舫。
楼台绿丛迷蹊径，隔岸娇红溢阵香。

一九六二年八月十五日

江城子二首　女儿河随笔

一

林荫小坐碧天晴，黄杨寂，杨叶明。虬松如盖，伟岸乘微风。葡萄架下绿珠垂，菖蒲茂，态娉婷。

二

断续乐曲伴歌声，清越处，凝神听。珍惜时光，吟咏且抒情。林人献身新事业，指顾间，万峰青。

一九六二年八月十一日

蝶恋花　严冬检查造林

莫怨琼瑶涉历久？踏遍荒山，逐株辨新旧。风刺朱颜如凭酒，长日枯肠人消瘦。

寄情苍松与翠柏，蓬勃向上，生机无限有！血汗淋漓千万树，功罪留待百年后。

一九六二年十二月二十七日

青玉案　赠列车广播员

关怀几许千万树。赞营林，水土固，舌华感染长图路。清明过后，一片春色，喜看群山舞。

播音优美精金缕。温柔化作春风语，讲述谆谆千百度。微言大义，功德无量，倾耳播音处。

一九六三年四月十九日

水龙吟　孤松

巉岩百丈青松，迷却晨曦云高处。层峦叠嶂，孤芳自赏，稀音良苦。

吐蕊群花，矜红夸紫，稚态怜汝。任春秋递演，大好生机，都付与，东流去。

无觅渭滨归隐，娱林泉、风窗石户。歌吟风月，憎恶霜雪，傲岸杖履。晴空如画，激昂顾影，虬髯如许。俟天如人愿，凌霄展翼，奋鹏程路。

一九六三年四月十九日

春日车行即兴

临窗宛转阅江城，处处林丛闪碧青。
麦茵微波山毓秀，耕犁底下最关情。

一九六三年五月六日

夜过威虎岭

车行月夜过威虎岭，凭窗南望群山，红松点点，口占七绝

偏喜风尘审幼林，远山秀色沁人心。
中宵引颈共明月，苍茫一片是松云。

一九六三年五月九日

永遇乐　大自然的裁缝匠

壮志凌霄，千行百业，挑选出处。荒山濯濯，浊流滚滚，沃土流失去。学书学剑，一无所成，欣然裁缝屋住。习技艺，改造自然，雄心勃勃如虎。

剪裁新样，巧绣绿衫，大地生彩堪顾。杨柳图案，松柏花纹，扶摇青云路。千峰竞翠，万水流清，耿耿匠心永固。凭栏问：绫罗绸缎，准备竟否？

延边春景

茅屋雅静傍山湾，碧水萦回鸭态娴。

无数李花方戴雪，白衫来往正种田。

一九六三年五月十日

登图们西山

映山花畔瞰层峦，曲水平沙淡净天。

远村近落闻鸡犬，风光如画爱延边。

一九六三年五月十一日

咏落叶松

千枝涌翠对春晴，伟岸通直意态雄。

庇护芳草甘落叶，献身人世效干城。

一九六三年五月十六日

奇卉吟

烟雨路如糜，林深迷晓曦。

孤发步幽谷，撷芳向新诗。

萋萋怜百草，恬恬厌小葵。

曲径惊奇卉，馨洁风致奇。

婷娜超凡俗，清裳照倩姿。

流芳沁胸臆，窈窕堕花痴。

何日司南圃，选种莳以时，

繁植耘佳壤，资用求所宜。

今且空手去，预祝衍南枝。

仰首窥长空，浮云正北驰。

一九六三年七月三日

回吉列车上

自图们回吉林行经哈尔巴岭，秋雨萧萧，凭窗远望

萧萧细雨乘车行，碧色连翩转画屏。

淡雾弥山松浴露，墨云蔽日鸟唱晴。

东疆有志营天地，西顾无人效鹏鲸。

寸寸珠玑铺血岳，无边宏愿抑怦怦。

满庭芳　秋水

金风送爽，碧波闪烁，迎对冉冉朝阳。青莲谢后，野菊泛幽香。浓情盈盈不倦，飞桨处、珠溅流光。慕秋水净洁明澈，超然高趣扬。

喻明眸皓齿，独伴玉蟾，倩影云裳。化如来甘露，滋润乡邦。千年波平如镜，历兴亡、几度沧桑。舒体态，沉鱼落雁，滚滚向巨洋。

一九六三年十月四日

扬州慢　夜游柳州

淡月藏钩，山昏鱼睡，碧波涌逐新程。踏浮桥抛带，沁灯火碧青。历长衢槐柳夹道，花下听琴，岸上谈兵。新奇处橘绿橙黄，香满山城。

立鱼峰畔，探岩穴，奇伟神惊。缅三姐英风，对歌佳俗，四海关情。

依依徘徊柳墓，松竹寂，小径虫声。只祠前玉兰，蓬勃枝叶横生。

一九六三年十月十九日

柳州立鱼峰口占

鱼峰顶上瞰云烟，万笋雄拔连远天。
碧澈柳江流日夜，神奇秀丽缀大千。

一九六三年十月十九日

黎湛线上

车行一夜过黎塘，秀色清秋又南江。
赏罢玉林芙蓉姿，传来米场丹桂香。
朝霞映彩连云汉，稻苗流波绕水庄。
万里风尘随老骥，飞槎何日舞霓裳。

一九六三年十月二十六日

雨中花　湛江即笔

感人浓荫一片，柳摆东风，蕉抹黛烟。枝叶参天榕树，根系高悬。椰子清高，蒲葵挥扇，到处林园。赏凤凰飘舞，芙蓉倩笑，心目留连。

海滨远眺，风帆片片，碧波辽阔盈前。似走马，匆匆一顾，沉湎自然。聊作市容巡礼，名产奇珍争妍。南国风光，诗情画意，不禁情牵。

一九六三年十月二十六日

咏桂林芦笛岩

天地有奇气，钟秀幻仙乡。

山岩名芦笛，造化异寻常。

洞穴深且广，五彩发莹光。

状若汹涛海，貌作菩萨相。

壁虎身如动，雄狮踞山岗。

红罗因风摆，飞瀑溅流长。

洪声击石鼓，擎天柱伟庄。

海龙宫广大，神针定海疆。

银河生玉藕，帘外绕云裳。

翠崖悬宝芝，寿星扶手杖。

千形共万状，凝观状愈像。

神工雕翡翠，奇巧滋向往。

宋后经丧乱，临难避此方。

桃源今虽在，只是少阳光。

我来探名胜，吊古念盛唐。

凭栏发慷慨，殷情似漓江。

一九六三年十月二十七日

永遇乐　咏钢轨

参观鞍钢大型轧钢厂，见钢轨是先将矿石炼成钢锭，再经过十余次自动化工序后，才轧成钢轨。在制造过程中见钢轨在机床上遍体通红，恰似生龙活虎，跃动自如，深为叹赏。

崛起名山，坚贞砥砺，卓然自处。荡荡烟尘，桃红柳绿都逐东流去。品性端直，满腔热念，几经炉冶不住。任水火，千锤百炼，砧上宛似龙虎。

历尽高温,饱经验试,通体无疵是顾。踏遍间关,跨越江河,献身人间路。东风普度,化雨时滴,万里驶奏笙鼓。何须问:环宇道路,崎岖竟否?

一九六四年六月二十六日

游西山

万点苍波笼翠微,群山寂静万枝垂。
佛牙舍利矜盛世,老树公孙历风雷。
小立莲池鱼戏水,虬张柏翼鸟正飞。
凭栏尽情沁山色,不住蝉声噪夕晖。

开封龙亭

追怀千古吊龙亭,渺渺烟波动衷情。
赵宋繁华成往迹,朱明扰攘缀汗青。
黄河滚滚沙逐浪,白云片片日照虹。
铁牛镇河非良策,树海澄源万世清。

禹王台

束发澄黄志,千里乘兴来。
铜像铸阿堵,空庙立古台。
导川为陆功,万世水利赖。
滔滔犹余患,安得匡济才。
慷慨怀子美,豪放慕太白。
三贤有遗迹,佳话半淹埋。
登临同怅望,紫薇正满开。

一九六四年七月二十五日

189

京沪线上

茫茫烟雨罩江南，暑色全消景色鲜。

十里稻禾翻碧浪，千条渠水系农船。

隔窗眷望金山寺，引颈遥瞻谢家园。

扑面清凉迎北客，天公雅意甚周全。

一九六四年七月二十八日

莘庄逸史

桉树生南国，欣赏来北氓。

引种夸成功，快速胜加杨。

抚树皆赞叹，主人兴致扬。

青工作先导，黄蜂起绿墙。

振翅来袭击，切齿太猖狂。

风湿稍得效，佳话留莘庄。

一九六四年七月二十九日

南行随感

为展冲霄志，激昂万里行。

京汴托鸿泥，兰考动衷情。

金陵三探胜，莘庄逸史凭。

萍乡桉林赏，独揽信江城。

凤凰留话柄，玉山沁晚晴。

到处感时雨，聊为解旱情。

一九六四年八月一日

菩萨蛮　玉山情

到玉山林场，惊喜凤凰山新造按树幼林生长迅速，风度优美，误将小扇遗落。

凤凰邂逅新林美，英姿感染林人醉。依依眷玉桉，何日赴边山？
雅慕情不住，风雨催东去。车行群山舞，落扇话千古。

一九六四年七月三十一日

采桑子　沪杭线上

沪杭车上见萧山农民躬身于泥水中耘田。

艳阳射火风云渺，汗下如流。汗下如流，赤膊耘田午不休。
沪杭车上挥扇客，谈笑自如。谈笑自如，苦乐悬殊意难收。

一九六四年八月五日

题苏州周瘦鹃来客留言簿

因苏州花木公司经理之介绍，得游赏苏州周瘦鹃老先生之盆景及古玩，即席赠诗留念。

园林惊叹巧安排，造化功同卧龙才。
雅逸东篱凭傲啸，艺海奇葩灿烂开。

一九六四年八月十六日

冬雪

九天怒吼战银龙，鳞片缤纷化玉琼。
照耀江河铺五岳，装点草木灭万虫。

岂慑北国风凛冽，钦佩松柏傲寒冬。

红日融融光万世，催滋沃土看春耕。

一九六四年一月十二日

醉太平　咏水礼车站樱花

含蕊临风，冬蛰乍醒。芬芳依依飘情，确超逸倾城。

春满江东，峰峦如屏。凌寒万卉先声，散清香一程。

一九六四年四月二十五日

春雪

东风时节近清明，琼花冉冉落长空。

寂静层峦披缟素，萧条茅舍布棋枰。

崖冰诉怨江流急，大地怂恿草奋青。

尽管凝寒冬恋栈，神州有日荡春风。

一九六四年四月一日

西地锦　通化风光

层叠峰峦环抱，只松涛傲啸。春柳舒眉，螺黛流波，杜鹃含笑。

多娇如此江山，寄痴情多少？雁阵烟杳，芳草凄凄，蟠溪垂钓。

一九六四年四月九日

沁园春　樟子松

挺立寒冬，瑶衫闪秀，碧翠愈遒。念几许冰霜，柳杨失色；飞絮阵阵，梨杏添忧。蓬勃不息，繁衍良种，恰似清泉汇巨流。作涛声，唤千花万树，孕育枝头。

临风舞袖雄赳，历桑田沧海岁月稠。共红松倾盖，激扬劲节；黄花玉立，傲岸王侯。放眼山河，东风烂漫，鞠躬尽瘁壮志酬。奋生机，且吸碳吐氧，清芬不朽。

一九六六年十二月五日

金缕曲　悼念周恩来

伟人长辞矣。念平生、光明磊落，举世铭记。大海襟怀容巨浪，运筹帷幄竭虑。力挽乾坤成大计。一腔耿耿春潮涌，甘废寝忘食体民意。似太阿，伏魑魅。

国之良弼谁堪比？为人民、丰功伟绩，罄纸难已。劲松偏遭恶竹抑，导致巨星忽殒。只泪洒琼瑶无际。鞠躬尽瘁真无匹，却骨依山河魂不易。荡妖氛，正气起。

一九七七年一月六日

柠檬桉

奇材生南国，平生厌酷寒。

新机惊蓬勃，雄伟干云天。

狷洁无所染，通直谱新篇。

冠小任枝疏，着意育松杉。

挺秀怀十亿，斧锯试亦甘。

献身作栋梁，广厦千万间。

砥柱为长桥，坦途通天堑。

雕琢供世用，临风舞翩跹。

落叶含异彩，沃土润大千。

我来殊赞赏，向往胜飞仙。

一九七六年三月十三日

漓江江边小村即景

背倚青山面临江，曲岸竹林菜花黄。

小舟孤篷停野渡，绕袖炊烟舞云裳。

一九七六年三月十九日

赴阳朔舟中

向往漓江胜晓寒，朝天万籁卧无眠。

岸边明屋增怀古，崖上樵夫掣肺肝。

一江碧水拥古洞，四野浮云映画山。

无限传说瞻奇石，凭舷笑语赞大千。

一九七六年三月十九日

南宁反帝公园大榕树题照

矫健蓬勃酷爱榕，间关万里觅伟踪。

凭高极目南疆丽，张盖雄枝拟虬松。

一九七六年三月二十日

杜甫草堂随笔

诗圣草堂迹尚存，平生难得此登临。

愤斥疮痍撼天地，忧怀疾苦彻古今。

汉武秦皇均安在，春风锦水万世钦。

浮波逐浪东流急，浣纱溪畔觅琴音。

一九七六年四月四日

浙赣线上

车上晨起，见农民赤足扶水牛犁耕田，萦思激荡。

松花鼓志又南翔，席卷关山阅沧桑。

一线长城横朔北，几度江河注汪洋。

杭州烟雨湖山美，浙赣初晴看水乡。

万里神州呈锦绣，牛犁千古最断肠。

一九七六年五月二十三日

登桂林叠彩山即笔

叠彩峰头望远天，青罗如练绕群簪①。

骄阳似火风失影，嫩绿全葳雀窥蝉。

有意白云拥幻絮，无心青鸟舞阑干。

亭台古洞皆陈迹，如此江山扣心弦。

一九七六年七月一日

注：①朱熹诗有"江似青罗带，山如琴玉簪"之句。

题滇池小照

淡抹烟云绕寂庄，水天一色看苍茫。
微风荡漾清波闪，晓雾低迷远山藏。
点点孤帆超巨浪，殷殷万卉向曦光。
滇池为我化甘露，笑洒群山缀彩裳。

一九七六年七月七日

海上观日出

天似穹庐海似盘，翻花白浪捧巨船。
金轮浴罢素裳舞，万道霞光涌碧峦。

一九七六年八月二十六日

水调歌头　鉴定会上即席赋

在敦化县寒葱岭林场参加吉林省林分密度控制图鉴定会即席赋词。

杜鹃溢清芬,翠柳飘新绿。葱岭营林盛会,高论起胸臆。系念茫茫林海,观察芸芸大千，科技舞彩旗。群英舒宏图，巧绣碧罗衣。

长白耸，松花澈，万山低。寄语松杉，蓬勃竞秀与天齐。神州久望大治，江山有待经营，热血化神奇。春风催人急，竭诚效长驱。

一九七八年五月十一日

红松

天地钟化育，朔方夸树海。

雄挺万绿中，五叶放异彩。

幼令堪压抑，品性不为改。

昂然庇榛荆，端岸作良材。

涓洁寓苍翠，清芬澄浊霭。

木理甘通直，良工滋识爱。

行当充宇内，临风奏高凯。

风月观递演，灾难不为害。

一九七八年八月二十四日

赠青山林场

青山青山，林海无边。

黄松竞秀，百花争艳。

苍翠幽雅，锦带玉环。

母树峥嵘，良种之源。

普天细雨，殷情浇灌。

呕心沥血，追求尖端。

欣此成果，群意翩跹。

为谢盛情，献此芜篇。

一九七八年八月二十八日

沁园春　金宝屯即笔

在金宝屯参加讨论吉林省国营林场管理办法座谈会志盛。

妙手回春，大地生彩，感戴东风。望营林远影，全凭决策；掌握锁钥，树海常青。杨柳情深，松杉意重，汗洒山河愿正浓。谋大计，待整章建制，众志成城。

大法推敲章句，赖绞尽脑汁志鹏程。求生态繁衍，山清水秀；工农奋进，百业勃兴。地阔天高，群英振作，建设屏障论先锋。看老骥，再驰骋千里，验证心红。

一九七八年九月十七日

永遇乐　为吉林省林业科学大会献词

浩荡东风，进军号角，驱散晨雾。江山娇丽，沃野无边，百废待兴处。科学营林，抓纲振气，任人选材帷幕。群英会，集思广益，伯乐作用显著。

推陈出新，集中智慧，改造山河阔步。孕育松柏，催促文冠，翠映青云路。林野丰饶，资源充沛，万业赖以起步。看如今，跃马扬鞭，谁为击鼓！

一九七八年十月九日

沁园春　学友佟常耀著《文冠果历史研究》代序

悄辞玄天，寄踪松漠，济世凝情。厌僧尼青睐，借重虚名；枉施压榨，供点明灯。阅历千年，风吹沙打，曾伴昭君缀汗青。堪寂寞，焕发生机，灿映太空。

欣喜人间思治，感虞公赏识著文声。看山欢海笑，胸次长春；繁衍子代，佳果连城。誓愿献身，润泽宇宙，推动时代要兼程。竭涓滴，化浊为鲜，四海澄清。

一九七八年十月八日

为长春市人民公园菊展题句

曾共松梅称劲节，傲霜凌寒亘古今。

馨香飘逸清神智，倩雅多姿著诗吟。

寄语园林多化育，赞赏技艺奋人心。

我来凭栏思陶令，欣我中华大地春。

一九七八年十月十三日

卜算子　杭州黄龙洞

探胜黄龙洞，追凭岳忠武。古柏参天阶草碧，秋蝉声难住。

千古恃英才，激情倾万斛。民族精华存几许，全凭中流柱。

一九七八年十月二十二日

相见欢　法国冬青

迎辉绿叶滴流，绕层楼。几经西风陶冶映清秋。

品沍寒，凌霜雪，愈劲遒。只为澄洁大气无所求。

一九七八年十月三十一日

离亭燕　游嘉兴

秋阳熙人愉悦，水乡长桥台榭。微波闪碧拥小岛，招展朱旗遥列。绿竹浴晴晖，白垣苍瓦仙界。

阡陌井然如画，农夫艰苦卓绝。听得墙外笙鼓频，继承汉唐遗业。疾首问荷责，激昂气淹吴越。

一九七八年十一月五日

念奴娇　登吴山

凭高四顾，钱塘江，浑若衣带耀明。西湖盈盈烟尘里，宝塔耸立云横。飞来远峙，凤凰雾绕，三潭闪波星。恍忆三生，沉醉吴山奇峰。

追怀兴亡往事，千古一辄，放眼看潮涌！苍劲宋樟阅沧桑，枝头翠叶奋青。感化岩下，东坡遗迹，岁寒松竹倾。魂萦青史，瑶琴心绪难平！

一九七八年十一月十二日

津浦线上

乾坤扭转赞东风，万里山河春意浓。
十亿炎黄发伟力，百代精华照汗青。
青甘陕晋成树海，冀鲁豫皖尽碧峰。
我自竭诚催万绿，魂绕神州寄痴情。

浙赣线上

乌龙轮转度清宵，晨雨萧疏到上饶。
憔悴农夫躬南亩，悠闲白鹭舞林梢。
重衫乘车犹意冷，赤足涉水令心焦。
凌霄挥帚庭户扫，风和日丽宜耕樵。

一九七九年五月二十七日

庐山仙人洞题照

匡庐雄拔入苍穹，横枕湖山万峰耸。

感谢天公赠朗日，且开眼界赏石松。
朱楼一代有倾圮，古洞千年任探凭。
俯瞰人间恍离俗，超然荣辱即飞升。

一九七九年五月二十八日

南京大桥雨中记

倾天大雨伴狂飙，金粉六朝逐浪飘。
云锁江天成一片，明珠点点彩星摇。

一九七九年六月四日

题丝织黄果树瀑布

涵蓄霖雨汇清泉，誓掩不平夷深渊。
撞开险阻摧万仞，银河飞练润大千。

一九七九年六月七日

苏铁吟

与高、李二同志游南昌中山公园，见有从庐山移来千年以上大苏铁树，龙钟雄伟，生气磅礴，因成五言古。

南昌有苏铁，浑朴态龙钟。
临风摇羽扇，岸踞似虬松。
新境犹未适，冷落围栅中。
每忆匡庐晓，彩霞映太空。
清芬出岭表，吐纳成云拥。
阅历百千劫，林隐傲侯公。

不随群芳转，蕴绿厌桃浓。

涓洁奋坚毅，医海鼓飞篷。

舍身作药饵，配伍依郎中。

一朝声价著，采掇万夫从。

惠济虽点滴，唾彼长乐翁。

一九七九年五月二十九日

百字令　夜雨

　　自吉林前往鸡公山参加铁道部组织的林业工作学习材料编写工作。编写小组住宿于鸡公山铁路子弟小学的二楼空闲教室内，每逢夜雨则法桐与银杏萧萧作响，成一佳乐。

　　云雾掩峰，兆秋雨缠绵，蚁队迁穴。倚小楼聊寄遐思，凭栏不见星月。法桐清唱，银杏低吟，天籁奏长夜。孤榻入梦，清流洗涤天阙。

　　中宵披衣击拳，锤炼筋骨，淋漓愈激越。系念千丘洪流急，驻马浩劫应绝！祝愿雨公，歼灭凶蛾，呵护山林洁。明朝放晴，且赏悬崖瀑雪。

一九七九年九月五日

采桑子　紫薇

　　鸡公山林场办公室门前有池塘，塘畔植有大小紫薇，雨后红花累累，枝头艳丽异常。

　　不逐群芳争春晓，雨后鸡公，端倩从容，千蕊竞放浴东风。

　　点缀青山迎朝霞，枝叶葱茏，花映日红，夜雨新晴分外明。

一九七九年九月六日

桂枝香　落叶松枯梢病防治鉴定会即感

金风送暑。望群山披彩，红叶飘舞。和龙科研盛会，群英聚簇。鉴定枯梢讲防治，听高论，不禁心服。预期黄松，消灾除病，生机十足。

赞辛劳、观察规律。用汗水浇灌，森林永续。献身精神崇高，忘怀荣辱。百尺竿头再奋进，为营林大计尽瘁。展望未来，激情难抑，临窗谱曲。

一九七九年九月二十四日

紫穗槐

车行至锦局管段，见大量紫穗槐在铁路两侧护坡，一碧如毡，因成五言古。

> 飘海来东土，渴慕济时才。
> 躯纤根捍土，干细叶蔽莱。
> 落羽护大地，骤雨难为灾。
> 秋分任刈割，春来更开怀。
> 千丛成一碧，露冷色愈泽。
> 岂计薄与瘠，先驱卫生态。
> 屈身充下木，冀求沃松柏。
> 竭诚献涓滴，灭菌澄浊埃。

一九八〇年八月十日

柳梢青　刺槐

通体有刺，厌恶抚摸，浪迹江城。花香沁宇，色洁出尘，怜彼群蜂。喜试寒威从容！滋繁衍、渴望新程。关怀资源，化身三板，讴歌声声。

一九八〇年八月十日

咏马尾松纯林

千峰披绿色，万壑尽苍松。

栽时只求密，扶育少人工。

地力本瘠薄，缺肥欠通风。

干细如芦苇，生机滞息壅。

何不事混植？乔灌可依从。

何不施间伐？分布得适中。

到处忽生态，安期良材丰。

科技传纸贵，焉觅郭驼翁。

一九八〇年八月十三日

山村

一弯曲水绕云烟，两侧青山夹碧田。

晨雨丝丝牛逐草，老翁趺坐半合眼。

一九八〇年八月十三日

经宝老山

峰峦纵横入云端，宝老高拔几盘旋。

俯瞰群山如培塿，崎岖胜过蜀道难。

车中观暮色

翠峦惯会捉迷藏，漫拽白罗掩黛妆。

隐约孤村闪碧火，山林奔走逐苍茫。

车行云雾山中

旋回一线走山巅，俯瞰溪涧伴梯田。
雾色迷离遮天地，凌空傲啸若飞仙。

车中望瀑布

突起高崖似画屏，是谁千仞染丹青？
白练垂空溅珠玉，力士微倾圣水瓶。

一九八〇年八月十四日

柳梢青　咏昆明银桦

傲岸凌空，微摇翠羽，添艳春城。挽杨携桉，亭亭玉立，延誉留声。
清宵掩映华灯，伴彩云、疏影月明。乳燕穿梭，秋蝉诉怨，骚客心情。

一九八〇年八月二十三日

和昆明大观楼长联

三万里江山，铺成锦绣，神驰念涌，沁秀色灿烂人间。望长白傲啸，昆仑蜿蜒，三峡奔流，龙门浪卷。诗人骚客，按捺幽情回荡。登匡芦雁荡，为磨炼钢筋铁骨；探石林幽洞，足抒发壮志豪情。且催促三江流澄，万山碧青，五湖宁泰，四海丰饶。

五千年故国，蕴就精华。心急情切，慕英才叱咤青史。缅渭滨垂钓，文中鼓琴，卫公题岳，伯温走马。壮士豪杰，激昂热血沸腾。钦管乐诸葛，谱写成王公霸业；笑秦王项羽，只落得昙花幻梦。还须效十年薪胆，两番刺股，一腔忧乐，中宵起舞。

一九八〇年八月三十一日

茶花海棠

昆明城建局花木店有珍品海棠，花大，重瓣，色粉红，艳丽多姿如茶花。得花工许诺采取一朵作标本。

飘芬流艳赏名花，脉脉青眸泛桃霞。
胜似春茶舒玉蕊，珍存卷牍忆芳华。

一九八〇年九月十三日

峨眉行

苍郁峨眉夸秀伟，海拔三千有余零。
陡急盘旋百余里，石径残缺危堪惊。
我与许君为探胜，提囊拄杖且攀登。
清音观泉赞广济，黑龙栈道一线景。
半日初程七十五，暮色苍茫宿椿坪。
千佛莲灯称艺巧，双百长联动诗情。
平明抖擞试筋力，九十九拐抵仙峰。
九老踟蹰怀轩辕，洗象途中赏猿精。
遇仙古刹飞升迹，安得竹杖效化龙。
玉笋生烟迷元岭，云绕翠峦趣横生。
岭亭小餐误坠碟，且留佳话付汗青。
钻天险坡汗如雨，遥瞩华岩万仞拥。

雷洞坪前瞰奇伟，白絮织翠燕翔空。

艰险爬坡七十五，投宿接引衾如冰。

一夜疏雨敲铁瓦，雾满青山沉心情。

二三老妪为朝圣，古稀高龄感志诚。

我亦素负匡济志，汗洒顽石化飞鸿。

双足生翼过连望，热血激扬达金顶。

高峰兀突云雾重，佛光不现细雨零。

舍身崖前徒怅望，投石深谷吊感冥。

下山身轻足不稳，碧林笙歌鸟唱晴。

华岩顶上揽奇景，层峦叠嶂万绿浓。

兴来高峰演龙拳，且效仙鸿寄豪踪。

珙桐稀罕翠竹逞，冷杉虬张映日红。

垂暮万寿瞻普贤，铜像庄严剔玲珑。

明月池前徘徊久，罗帐熟睡到天明。

得偿宿愿胸开朗，人生恰似登险峰。

坚毅直前探佳境，凭高方得眼界隆。

此行非止窥雄伟，智慧清泉似潮生。

六州歌头　秦始皇兵马俑馆题照

伟哉秦陵，千载动激情。兵马俑，栩如生。合金剑，光射虹，古国焕文明。访古洞，揽苍穹，寄萍踪，留新影，伴青松。强敛愁容，热血正沸腾。迈步从容。老骥欲驰骋，展翼乘长风，丹心耿耿，奋新程。

望千里穷，出函谷，越河洛，苏复中。大河涌，冰川融，生机动，走蛇龙。十年内乱重，须奋勇，待复兴。石可破，天亦惊，看奇峰。十亿炎黄，舒展睿智浓。卓著事功。除妖氛浊尘，神州雄姿耸，伟立亚东。

一九八〇年十二月三十日

柘枝引　登实验林场白石砬子峰

高峰俯瞰林相明，灌丛绕青松。槭椴枝未泽，万树摇摆盼东风。

一九八一年四月二十二日

清平乐　春晓

曲峦如屏，淙淙流水喧。展曦云霭映中天，翠柳梢眉弯。

枝头鸟语婉转，碧草偏试春寒。红松挺秀林岗，白桦群舞青衫。

一九八一年四月二十五日

瑞龙吟　踏查实验林场随笔

凭高处，一览满山峥嵘，新芽待吐。春风脉脉抚摸，苍松展翠，杜鹃如诉。情凝伫，痛惜间伐太甚，良材何处！荆棘阻塞林路，朽木纵横，蔓藤缠树。

如此大好山河，营林事业，功效应著！忍视亿万珍宝，弃同粪土。豪情激越，排遣千百度。欲向吴刚借利斧，修枝整形，力促林野富。唤起松杉速生丰产，榆柳飘金缕。俟佳期，挂杖欣赏雨幕。万紫千红，普沾甘露。

一九八一年四月二十六日

赴蛟河车中口占

营林岂止事雕虫，扭转乾坤绿色浓。

试染丹青挥巨笔，山河秀丽育杉松。

一九八一年六月一日

延敦火车中

延边自治州农村工作部请我前往诊治副部长王永泰的严重肝硬化病，施治后稍见功效，群众纷纷求诊，五日诊断五十余人，患者如此之多，车中感怀无量。

延边五日用岐黄，小技难酬病汪洋。

抖擞此身化精卫，填平病海焕医光。

一九八一年七月十七日

巴兰香

旅延时，延边州林业局李绍刚局长赠我巴兰香花一盆，赋诗为念。

置身百草姿平常，静穆婆娑展碧裳。

张伞餐光承雨露，扎根吮地蕴芬芳。

宁效玉立甘朴素，为报拂摇散阵香。

生态失调惊污染，流馨不息化穹苍。

一九八一年七月十七日

人月园 实验林场晨起

见昨夜大雪封山，林木尽白，因填一阕。

昨宵苍穹撒琼瑶，行人披鹅毛。薄衾难睡，耽心林海，新松弯腰。渴望放晴，融尽残雪，植树挥镐。竭献涓滴，虑及千秋，屏障松辽。

一九八二年四月十五日

咏珠兰

寄怀逸雅喜幽芳，延揽名花来远乡。

聚散枝头珠焕彩，经营体内麝传香。

幼蕾层出激振奋，新蘗时增启济匡。

为厌朱紫移人志，清芬万缕沁书房。

一九八二年五月二日

伤毁林

与实验林场刘顺厚场长，阎书翰工程师及杨振华，登南山，发现山南脊下林木均已被毁为农耕地，滥伐现象十分严重，拍农耕毁林照片两张。

激扬壮志探密峦，古树参天张碧伞。

攀登山峰忽开朗，惊讶生态受摧残。

农耕逐侵如蚕食，水土朝夕走泥丸。

政令空文无忌惮，浩茫小我起浊烟。

一九八二年五月十四日

贫妇吟

在实验林场踏查山林时见妇女二人在山林内拾柴，背负枯枝登坡滑下有感

北风如刀刮，大雪卷天飞。

崎岖荒林路，孤鸦倦低回。

贫妇衣单薄，负柴汗时挥。

拄杖爬陡岭，几度滑跌回。

心悬柴草屋，婆母盼早归。

嗷嗷待哺儿，思及揪心肺。

似此困苦境，何日得宽慰？

前日听广播，今逢丰收岁。

何须摆酒宴，不惜千金费。

森林有法令，管护竟荒废。

滥伐无所禁，可怕沟隙颓。

资源趋毁灭，怒见几家肥。

一九八二年五月

游松花湖

挚友刘馨文、许文明等上海铁路局客人来吉，驱车到丰满，乘游艇到松花湖五虎岛眺望，归后写成。

大坝横江汇巨洋，群山闪翠沁幽香。

如梭汽艇划湖面，似鲫游人入仙乡。

五虎凭栏缅西子，松花浪迹慕范郎。

相逢万里多白首，把臂遥期会钱江。

一九八二年六月六日

初登长白山

浪迹虞门四十年，长垣深绕见闻偏。

凭高放眼沁树海，倚崖低回恋名山。

造化雄奇飘云霓，生态微妙护大千。

中华国宝夸稀世，谁毁秋毫罪史篇。

一九八二年八月十三日

天池吟

因安图县林学会举办学术年会之便，得与诸彦初游长白山，午睹天池，雄伟绝伦，思绪万千。在总结会上草成五言古朗诵志怀。

伫立东疆久，阅历百千劫。

为造人间福，孕育撑天节。

霹雳发巨吼，喷泻满腔血。

粉身沃大千，增辉绿世界。

犹虑丘岭寞，清泉填残缺。

汪洋澈千尺，碧镜鉴明月。

岂能长酣睡，飞流溅如雪。

永恒倾慧水，众生启智捷。

奔腾垂万代，深情永不竭。

苍茫尽树海，思慕能源切。

生态任繁衍，不许遭斧钺。

深怕人心冷，平地涌泉热。

饮之滋大勇，爱国志坚决。

浴之涤疾垢，形神均得洁。

神州求昌盛，林政当先确。

兴衰关大计，青史念英杰。

一九八二年八月十三日

黄柏赞

树海峥嵘万木隆，松杉逞碧杜鹃红。

相辅相成成生态，未辨坚强与依从。

吉长线上劲风多，不住狂吹势汹涌。

白杨弯腰柳折冠，灌丛间杂难御风。

四十年来新发现，黄柏品质胜群松。

凌风玉立赏通直，羽翼伸张朝霞中。

长年端凝生机旺，不屈不挠态从容。

累累枝头甘静默，繁育子代遍群峰。

栓皮贞固任寒暖，亦堪药用助医工。

浊尘阵阵添污染，广植此林屏障充。

一九八二年九月七日

参观好太王碑

江山雄伟起蛇龙，崛起东陲一世雄。

七百余年施虐政，三十几代赖神功。

丸都险固终夷平，墓冢坚牢洗劫空。

细审遗碑思往迹，卌薛勋业耀朔东。

一九八二年九月九日

丸都山随感

久闻高句丽，今赏丸都城。

峻岭如环拱，谷口小丘屏。

役民砌石墙，险固著边声。

施虐终复灭，树德自成雄。

卌丘挥军至，百代敬奇功。

点将台依在，饮马池半壅。

东疆悲无文，千古草莱蒙。

登临且骋怀，秋林色正浓。

一九八二年九月二十日

赴云峰途中

深秋驱车访云峰，喜看农家丽菊红。

路随江回曲折急，山倚谷转起伏中。

溪流奇浅江失色，碧岭苍莽草畏风。

触眼生态惊濯濯，营林无术急虞工。

一九八二年十月十六日

登高引

　　农历九月初八，适为星期日，结队攀登通化地区疗养院西侧无名高峰，吉林卫校王秀琴副主任医师，尽管体胖鞋滑，但意志坚决，百跌不馁，终登高峰。

九九前朝秋气浓，小庭花落初结冰。

老汉列队登山去，拄杖盘旋攀石龙。

汗滴草下冰花艳，足踏石滑奋力登。

赞赏女杰顽强志，指地赠名秀琴峰。

杜鹃解语迎远客，珍稀一朵映山红。

倚高放眼欣辽阔，层叠起伏似浪拥。

鸭江迤逦缠碧带，层舍栉比列棋枰。

雾绕群峦披罗素，依稀长桥似带横。

江隔两国一世界，云飘万里五洲同。

高丽古国今安在，遗碑历历可追凭。

夕照余生感血热，老骥枥下愿长鸣。

蹄腾五岳松杉碧，鬃挥九州水土宁。

政通人和民心悦，重整山河焕彩虹。

额首中华值盛世，百代难逢庆伟功。

一九八二年十月二十四日

为三位老工程师题照

题赵洛川、杨兴校、姜秀禾三位老工程师野浴照片

中华似巨龙，指日看飞升。

我侪虽古稀，洁己奋鹏程。

长白飞瀑赞

呵罢积郁涌清泉，高接云表鉴深渊。

澄明碧澈漾异彩，倏忽拥岫飘素绢。

造化钟秀成一奇，池底潜龙蕴乾坤。

殷殷凝情化霖雨，洒遍林野润大千。

红松映碧杉挺秀，青杨玉立柳钻天。

杜鹃吐蕊呈锦绣，飞流溅玉舞翩跹。

白獭祭鱼贪水暖，紫貂扑鼠感枝繁。

麋鹿凭流矜角美，猛虎饱腹枕石眠。

乳燕临风翱翔急，鸳鸯戏水情意绵。

泽及万物演生态，振兴中华志弥坚。

宏愿无尽流不息，为期康乐灿人间。

气势磅礴发伟力，孕育精诚现宏观。

一九八二年十一月三十日

齐天乐　赠通化地区疗养院

难得今番研究处，贵院操劳无数。楼舍清幽，江山眼底，业余心畅神舒。心满意足。感体贴入微，千言难诉。朝夕聚首，谈笑风生滋情趣。

凭窗观雨如注。挥毫成万言，舞剑弄杵。三餐膏脂，厨师辛苦，身承

人民育护。心香祈福。看长征路上，从容迈步。振兴中华，施展富强术。

吉哈线上

松花蜿蜒走蛇龙，沃野无边稻禾青。
雨后田色增润泽，临风玉带见功能。
樟松奋绿生画意，垂柳飘丝动诗情。
如此江山真娇丽，匡济有赖觅杰雄。

一九八三年七月十日

帽儿山实验林场口占

碧色飘虚似带横，峰峦如睡渐朦胧。
笛声嘹亮绕云际，小镇灯火耀眼明。

一九八三年七月十三日

参观帽儿山实验林场赠言

帽儿高耸入云端，专注科教视野宽。
建场格局均宏伟，安排人事尽卓观。
热心事业循正轨，严守规章杜私偏。
感铭非止情热切，主人胸次是良范。

一九八三年七月十六日

赞东林凉水实验林场

韶华递演赞大千，国宝生辉敬昔贤。
山峦起伏缠碧带，林道曲折透云天。
新苗如茵铺南圃，老树峥嵘峙峰巅。
密林深处现楼舍，人间佳境胜桃源。
东林基地规模伟，玉楼朱瓦寓神仙。
雨后入林览成果，小路幽静伴清泉。
野生云杉经移植，如今挺秀展碧衫。
红松白桦测生态，林下植物科属全。
学者苦心作验证，点点珠玑一线穿。
归寓欣喜晤旧友，夜梦绿色满人间。
醒来云雾藏林野，浓妆素裹景愈研。
天公多妒降蒙雨，仰首凝观燕翔酣。
晨雨乍霁探林薮，草深露重透衣衫。
学生列队采土样，奇花异草散芬鲜。
鸟语枝头沁天籁，蛙吞蚊蚋悟自然。
触目珍宝赖镶嵌，学术海洋行探研。
主人款待感周到，林海功高入史篇。
我生有限情无尽，誓化狮虎护松杉。

一九八三年七月十八日

参观带岭林业科学研究所

仗策且北行，带岭谢初晴。
千峰披锦绣，万壑闪碧青。
云杉滴翠色，樟松撼心灵。
路共溪流转，树作画屏挺。

风貌新宇宙，浓淡胜丹青。

热情感接待，经验启窍胸。

科技惊卓越，育种硕果丰。

楷模知国内，创造可遵凭。

营林夸圣地，北国誉精英。

耿耿为生态，山林寄痴情。

一九八三年七月二十日

佳木斯行

抵达佳木斯，住宿于站前合江林业局招待所301房间。

依窗赏山色，皓月落笔凝。

地平沃千里，江深隐鱼龙。

朔方称锁钥，水陆萃名城。

风物赛南国，人情同两京。

街宽绿化好，冒雨赶工程。

墨云垂四野，贪游坐小亭。

困居大房间，凭栏且遣情。

高楼平地起，经营靠智能。

真才执政柄，北疆磐石宁。

昙华一何速，夕照映霞空。

江山娇纪行

日来雨伯兴正浓，夏寒澈澈少见晴。

合江名城未得赏，宁安投宿仗林情。

平明乘车历林野，道路泥泞实难行。

若雨若晴云聚散，万松奋绿盖丘陵。

应夸东道通情意，主人安排初得宁。

急趋镜泊观湖色，汪洋浩瀚波耀明。

远山含黛拥千顷，渔舟荡鳞划平镜。

大好湖山真妍丽，且摄踪影志行程。

归来循途察林质，郁闭林薮待加工。

宿费高昂忧囊少，晚餐酒肴格外丰。

夜起挠门声入梦，衾湿虫咬苦游萍。

广阔祖国欣壮丽，科学管理待急兴。

一九八三年七月二十一日

青松吟

在江山娇实验林场科技展览室纪念簿上题诗。

镜泊有青松，珍稀来远程。

扎根择沃土，涓洁奋智能。

干直枝叶纵，雄发为巨龙。

结实硕果美，子代期繁盛。

端凝凌霜雪，不与花灌同。

清操共碧水，千里际良朋。

于今时代好，选优在林工。

山野筹良种，遥期林产丰。

汉宫春　游松花湖

碧毡披山，若锦绣镶嵌，淡抹云幡。玉枕横江，清流注满银盘。汪洋万顷，谁曾窥龙宫广寒？寄情处，飞舟破浪，生动湖山林苑。

欣此夏日生辉，催柳絮飘空，蛛网张檐。放怀寄情云树，未酒朱颜。起伏群峰，任生态递演循环。最伤神，鬓发增白，激昂意绪腾翻。

一九八二年六月五日

扬州慢　陕西颂

披山带河,四塞险固,自古汤池金城。恃潼关扼隘,护秦岭碧青。古雍州，土厚水深，西疆孔道，形势独胜。虑远大，中华心脏，可奋鹏程。

岐伯肇基，太公望，古稀大兴。念娄敬卓识，李靖激昂，百代追凭。几多豪士健儿，留青史，景慕钟情。再谱写新章，汉唐勋业重生。

一九八三年八月二十二日

咏长白美人松

在长白山采集标来，见白河镇长白美人松姿态优异，因为七言古。

辽东大地浩气充，钟秀长白吐郁胸。

熔尽顽石化沃土，撒布群山育碧青。

壮怀涌作白河水，滋生奇松寄豪情。

亭亭玉立风度美，羽裳飘逸花月中。

容光焕发异万木，不计得失赏端凝。

临风奏曲演天乐，高入云表睨长空。

沉鱼落雁非虚构，诗人墨客动比兴。

枝头累累为新绿，屏障山河百世丰。

一九八三年九月十三日

寒菊

孕育凌寒质，含英不争春。

茹辛求繁衍，堪耐长夏温。

承光发碧彩，净化大气芬。

喜临秋气爽，开放表热忱。

不畏严霜酷，且品白露馨。

甘汁助蜂蝶，点滴喻情深。

植株亦良药，拯救积疴身。

大地生机旺，天高云景新。

一九八三年九月二十四日

长白瑞香

朔方涵瑰伟，诗吟眷长白。

天池悬银练，苔原构异彩。

千花铺锦绣，万树竞良材。

珍稀觅佳木，林下披草莱。

冷杉张伞盖，烈日不成灾。

耿介蕴精华，冰雪色愈泽。

碧叶贪佳质，疗疾宁心怀。

亦堪强机体，理血除壅塞。

甘处寒冬苦，笑承琼瑶埋。

贞固充枝冠，适应广移栽。

一九八三年十月十日

永遇乐 咏银杏

久阅沧桑，借重古迹，点缀人天。振奋生机，漠视荣辱，挺秀越千年。南至滇蜀，北达冀辽，热爱中华志坚。四十春，浪迹沈水，子孙布满人间。

翘首北顾，松江蜿蜒，白山绿色犹残。抖擞精神，献身屏障，顽躯耐风寒。红松为友，云杉作邻，静观万树蹁跹。神驰处，繁花似锦，红果满山。

一九八三年十月十三日

土们岭铁路林场采种记

严冬凛冽临北国，群山皑皑踱松坡。

清痰落地化冰雪，两睫凝霜视线遮。

年近古稀效童子，林海雪原乐跋涉。

红松雄伟欣玉立，翠色虬髯喜涓洁。

发散清芬除污染，开阔胸臆启智哲。

樟松傲岸凌云汉，硕果累累姿态卓。

树凉透骨手僵痛，北风劲吹通体彻。

枝头抖擞采种穗，树下忐忑心难落。

为求良种充林野，松杉万里神州沃。

披荆斩棘沥心血，遥期绿色蓄龙蛇。

驰念大业思远景，脚下一滑卧瑶车。

林人风趣真无穷，拄杖掀须赏碧波。

一九八三年十二月十四日

山樱桃吟

春山披黛色，万木竞笑容。

云杉秀幽谷，红松缀岭峰。

探索珍稀木，披荆觅芳踪。

溪涧感低湿，山巅厌劲风。

唯喜向阳阜，生境才适中。

柞桦为伴侣，迎辉展艳容。

姿胜桃花美，干形比巨松。

叶色逞娇绿，蕊香飨群蜂。

冠下育良种，扶疏相依拥。

掘取植校庭，扶育少人工。

夏初度旱苦，秋来雨水壅。

杂草埋枝影，牵牛缠结重。

大苗尽枯死，幼株半折躬。

原为求发展，孰意遭困穷。

挥锄断蔓葛，松土助速生。

行当施良肥，俾达繁衍功。

一九八四年八月二十四日

水龙吟　赞钻天柳

休提诗人佳话，渊明高隐曾扶育。絮暖人间，任情飘浮，超脱俗意。不避春寒，久品秋霜，未减生气。历昙华递演，适应生境，越滋长，雄发力。

亏得园丁培育，沾雨露，蓬勃伟踞。临风摆袖，俨然恰是：张绪风仪。黛眉流艳，玉颜生辉，直干天际。献材质应世，甘承斧钺，岂计物议。

太常引　沈山线上

前往北戴河疗养，沈山线火车上偶成。

千里稻禾闪秋波，锈剑待重磨。老骥恋盐车，坎坷崎岖路奈何！

但生双翼，凌越险阻，足迹遍山河。绿色眷婆娑，却领略、情趣良多。

一九八四年九月十九日

念奴娇　祝新婚

张某为实验林场子弟中学教师，曾随我搞松类冠形嫁接，质量优异，颇器重之，旋来林学院进修，因其新婚赠词。

遥寄热忱，庆今朝，新婚伉俪人物。劲松映雪溢清芬，挺拔高洁可慕。

互爱互谅，相敬如宾，幸福从头铸。并蒂雄发，共拓鹏程路。

时代信息催促，任重抒壮志，屏绝细故。浇灌新苗须力求，遍野良材佳树。论及师道，千古敬文中，初唐获福。人生大道，振兴国族急务。

一九八六年一月八日

水调歌头　赠友人

刘公凤柏有经世才，近年主持江城绿化颇有佳绩，因赠词以示赞仰。

朔方多异彩，山水艳人间。松花碧波千里，报国志弥坚。催促群山展绿，叮咛百卉流芳，热血谱诗篇。园林成树海，壮怀干云天。

仰真才，舒睿智，挥长鞭。沁入鸟语花香，群情尽欢天。激励苍松翠柏，调动万紫千红，澄清大气鲜。祝乘风破浪，为大众开颜。

一九八六年八月

藤三七吟

从一九八〇年引进药用植物藤三七露天栽培已见成效，尤以今年藤三七枝叶繁茂，新绿喜人。

久阅南国景，雄飞临朔方。

超脱室栽浅，露天伴群芳。

春寒风尘扑，新芽吐复僵。

坚忍待夏暖，舒蔓表志长。

绿叶虽嫩质，不畏虫病殃。

吐芬涤污染，澄清环境香。

竭力蕴精华，累累硕果良。

献身充药饵，补肾益心强。

珍惜秋光好，伸蔓拓新疆。

缠绵示劲节，倚栏效屏障。

叹息支架矮，未得达天乡。

且酿化甘露，供饮万众康。

一九八六年九月十四日

赠集安县诸领导

参加吉林省科委在集安召开的刺楸、天女木兰育苗造林技术鉴定会，会后与该县领导谈及集安林业建设。

今番附骥到边城，百废俱兴庆盛隆。

赞赏人才发奇效，预卜地利必大兴。

禹山①树海成宝库，丸都②古迹化钱龙。

以林为主创大业，合十顶礼拜高明。

一九八六年九月十八日

注：

①集安镇北有禹山，山势秀拱，为一风景区，如建为植物园，设有百草园，不仅可供提倡营林及科学实验的良好橱窗，也是市民游憩和外地旅游的佳境。

②镇西北郊有高句丽时丸都山古城遗址，如投资模拟旧观，修建为"丸都胜境"，大可吸引国内外游客一开眼界。

游镜泊湖

因敦化市林业局鉴定落叶松人工林间伐扶育成效研究会之便，乘汽车前往镜泊山庄游览。

且趁秋光共畅游，苍茫树海晨雾稠。

群山似锦浮白岫，泊水流光荡轻舟。

造物钟奇夸塞北，人间奇伟胜两州。

借助明镜鉴心肺，慷慨激昂赏巨流。

一九八六年九月二十五日

为吉林林学院林经系《林经天地》创刊题诗

竭诚报国酬平生，几度跋涉万里程。

打点山河欣水碧，刷新五岳赏树青。

经世济民需慧眼，改天换地赖豪情。

林经大有文章作，人生应作枥下鸣。

一九八七年四月十日

颂蒲公英

采摘花苞初放的蒲公英花朵，在晒干过程中，花苞并不立即枯萎，仍能保持生理功能，完成由花蕊转化为花絮的生理过程。它的这一富有生机的特点，为其他植物所罕见。

维护生态美，芳踪遍大千。

不惮炎阳酷，亦任冰雪添。

迎春吐新蕊，平铺原野鲜。

献身堪大用，消灾宁人寰。

甘受挖掘苦，皎皎志愈坚。

花残机不息，生气映云天。

一九八八年六月一日

贺《长白丛书》问世三周年

吉林师范学院古籍研究所李澍田教授主持整理《长白丛书》，余亦参加《东夷考略》与《山中闻见录》之点校工作。该校在银河大厦开庆祝会，乃赠诗一首。

东疆真锁钥，长白屏朔方。

千古观政本，青史鉴兴亡。

台阁欣慧眼，群贤睿智扬。

恭贺三不朽，附骥念富强。

一九八八年六月二十日

永遇乐　观许艳梅跳水有感

从电视里看到许艳梅同志在跳水比赛中取得的成就，激动得老泪纵横，心绪久久不能平静，乃填《永遇乐》。

凌空妙舞，轻盈飘逸，娴熟剔透。万众屏息，寰宇瞩目，神驰鱼龙斗。飞燕展翅，芙蓉溅水，倩姿心房紧叩。凯歌奏，国旗升起，喜泪感激新秀！

多年薪胆，钢铁意志，瞬间显现成就。欧阳识才，伯乐功高，四海钦师授。绝技超群，为国争光，青史又添锦绣。祝健儿、再接再厉，捷报频收。

一九八八年九月十八日

洞仙歌　咏树挂

长夜薰陶，化琼楼玉柱。普天皑皑铺云路。饰垂柳银丝，髯松皓首，沁美景，千姿万态佳处。

促红颜白发，风趣超凡，如此仙境希常驻。旭日方东升，瑶飘絮落，看递演，江流低诉。叹奇观，风韵冠神州，引游客纷至，一饱眼福。

一九八八年十二月二日

念奴娇　咏盆栽茶花

步辛弃疾《书东流村壁》其韵填《念奴娇》一阕。

琼瑶缤纷，又饱赏北国大寒时节。不住朔风霜挂树，虬松戴雪未怯。

高岭白头，平湖铺玉，芳心系暌别。盆栖斗室，心绪可供谁说？

倾听方公主播，词曲和乐①，如见南天月。犹记滇池春曦和，童面繁花层叠。西山古刹，百卉流芬，倩影心为折。抖擞枝头，红颜遮却华发。

一九八九年一月十二日

注：

①中央人民广播电台方明主持的《词曲和乐》节目。

喜迁莺　长白紫杉

披绿衫，缀红豆，繁衍长白久。欣赏天池黄花瘦，寄兴在清秋。
经风露，迎晨雾，屹立巍然雄赳。凌寒奋翠拟壮游，魂梦恋神州。

一九八九年一月十三日

沁园春　咏红皮云杉

覆被名山，挺秀林薮，滴翠耀明。念芸芸大千，水旱频仍；浊尘蔽空，极待碧青。砥砺床圃，含芳蕴绿，增辉山河壮志横。竭功能，为澄清大气，吟啸有声。

倩姿碧塔亭亭，经狂风劲吹愈端凝。眷春临大地，万紫千红；冬枝戴雪，玉洁冰清。遥望云天，钟情星月，飘舞红衫拟干城。伴松柏，共屏障原野，聊慰此生！

一九八九年三月一日

水龙吟　虎杖

虎杖又有活血龙、金光笋、空心竹等名，为蓼科多年生草本宿根植物，原产关内低山山坡、山谷、溪旁、河边等处，引栽吉林，经过十年驯化已能露天越冬。根系茁壮而深长，每届春季自宿根处发出竹笋状新芽，约半月即高达数尺，不仅为保持水土的最佳植物，它的根及茎叶又是防治乙肝的特效药。

千花百草逢春，生意盎然情陶醉。栖身溪谷，捍沙固土，精心孕翠。九转柔肠，轻舒慧眼，乾坤易位。作鹰扬虎奋，挺立英发，滋根叶，发新蕊。

为慰人间多故，怪二竖、感染弥缀。肝瘀气滞，形销骨瘦，触目心碎。权效岐黄，肯任煎熬，振聋发聩。望华陀妙手，力挽春回，拭患者泪。

咏三叶草

吉林林学院校园内栽有三叶草，平铺地表如碧毡，尤其经霜而不凋，在群芳枯萎时独显生意

> 百草有三叶，芸芸意态娴。
> 为杜浊尘起，平铺园林间。
> 春来发翠羽，明智不争艳。
> 夏至舒玉蕊，推仁溢芬鲜。
> 秋深傲霜雪，大勇志弥坚。
> 三德充嫩质，临风共蹁跹。

一九八九年九月一日

一剪梅　寄云岫兄

犹忆塔湾话高粱，魂萦神疆，梦萦神疆。而今静对秋菊黄，千转柔肠，万转柔肠。

相聚何日趣仙乡？风也和祥，雨也和祥。雁阵南飞三两行，抑此汪洋，倾此汪洋。

一九八九年十月三日

念奴娇　庆春曲

　　斗转星移，寒意敛，纷启朱门绣户。大地复苏百草萌，蓬勃生机满目。人欢鸟唱，马嘶鱼跃，万山耸乔木。南亩谈耕，农情卜稔情注。

　　遥听松涛递响，睡龙乍醒，马年新程路。和气呈祥沾化雨，壮怀掀开宝库。栽松植柏，选杨育柳，凭高赏新树。林海摇钱，普慰寒士有屋。

一九九〇年一月二十七日

水龙吟　欣贺《益寿文摘》发刊百期

　　文坛期刊芸芸，几曾称得经纶手？益寿文摘，翘楚群芳，老年密友。医海奇葩，保健良师，延年魁首。赞功绩无量，洛阳纸贵，人争看，君知否？

　　选精择华明慧，倚南窗阅读清昼。开阔胸境，超脱思维，激情奔走。还我童心，滋发活力。胜似良酒。逢百期良辰，敬献芜词，为贵刊寿。

一九九〇年三月三十一日

木兰花慢　根雕"雁荡奇峰"引

　　更那堪寂寥，寄遐思，缅名山。爱浙东雁荡，幽峰险峭，碧莲插天。悠闲登临探胜，最留恋拔地耸翠峦。苍茫峻岭竞秀，怪石古洞连番。

　　雄关，容色应细看。天地与同欢，消胸中郁气，拳拳系念，生态攸关。心专巧绣神州，令蓬勃松柳灿人间。频报江河汛急，凭窗不禁心寒。

一九九〇年七月二十日

咏荷花令箭

　　翠羽娇荷花中仙，明眸皓齿尘不染。

法轮安得为常驻，永留艳色灿人间。

一九九〇年七月十五日

酹江月　向吉林省林学会献词

芸芸世界，最堪虑，生物濒临绝灭。森林资源遭践踏，流沙狂卷尽泄。大气失调，温室效应，两极融冰雪。欲挽巨澜，营林渴望奇杰。

欣逢今朝盛会，枥下长嘶，唤雄心激越。汗洒山河成树海，喝令浊流消灭。治水求源，维护生态，老骥亦心切。壮心未已，高怀皎如明月。

一九九〇年

御街行　千山龙泉寺"群蕃独峙"大石题照

一念执迷着尘处，谪堕泥淖路。坎坷人生伤豪气，怅视青春归去。青山依旧，苍松欲语，拂面恼飞絮。

梦里凌霄澄山河，情怀倾如注。醒来千里访龙泉，焉得西阁常住。寻幽探胜，枕石漱流，静待吕仙渡。

水龙吟　咏盆景"湖上晨曦"

松花浩荡波平，水碧天高真无际。烟波舟影，鱼龙潜泳，玉簪螺髻。登临畅志，神游苍茫，情通玉宇。望旭日东升，驱云扫雾，为慰藉，凭栏意。

放情浪迹江湖，趁秋光、怡然兴会。抚松赏菊，不堪按捺，抒发豪气。遥品琴音，高山流水，德天福地。向何人讨取，富饶方术，令群山翠。

一九九〇年九月三十日

千年调　小像自箴

　　一念堕人间，不觉近衰老。魂绕锦绣江山，渴盼富饶。回首前尘，介介嫌执拗。苦与乐，凭良知，辨昏晓。

　　老态龙钟，犹忆朱颜笑。只有借助岐黄，安健是好。检点平生，澄明欠智巧。养浩气，冲霄汉，愿难了！

一九九〇年十月十日

水龙吟　悼朱济凡先生

　　赫赫林坛群彦，谁人真是经纶手？魂系生态，不阿权贵，当代难求。慧眼卓识，重材育林，献身枢纽。为治理沙漠，殚思竭虑，倚良才，功不朽。

　　情操辉映松柳。足迹遍海疆塞垒。营林报国，呵护神州，不倦奔走。华夏精英，虞人良范，学术泰斗。捧馨香三炷，遥拜南天，纵激情吼。

一九九一年六月一日

湖光山色忆哲人

咏朱济凡先生在永吉时业绩。

涛涛松江水，皎皎湖上月。

揽景忆哲人，敬仰情难绝。

朱公籍诸暨，济凡名实结。

总发有大志，正直激热血。

目睹水灾惨，誓整山河切。

早年来永吉，政绩民心悦。

为防土流失，近湖移民越。

造林八千垧，沿湖屏障列。

尔今赏郁葱，昔贤诚英杰。

造福松花湖，水源期不缺。

林为百业宗，振兴靠秘诀。

一腔报国心，众口丰碑列。

人生感易老，急应效先烈，

凭湖思哲人，胸涌万涛泄。

一九九一年六月二日

水龙吟　咏玫瑰

　　小园深绕层楼，风吹玫瑰新梢软。云锁群山，烟笼江水，夕阳半掩。早春天气，百草低迷，乍寒乍暖。看榆钱柳絮，乘势腾空，暮色里，穿帘燕。

　　一朝群苞竞放，奋芳菲、映落归雁。露润红娇，肥充香溢，浊氛驱散。凝情寿世，多情多虑，无忧无怨。祈风调雨顺，五谷丰登，舒千眉展。

一九九一年五月二十五日

太常引　雨中游园

　　乘雨与内子去江南公园赏芍药，见松枝挂满柳絮，已成白发老翁。芍药则娇艳多姿，确有沉鱼落雁之美。因填词以志之。

　　丝丝细雨柳婆娑，飞絮惹事多。青松堪折磨，缠头白发叹奈何？

　　芍药含情，花蕾初放，倩姿赛姮娥。娇羞闪秋波，引游客眷恋山河。

一九九一年六月十一日

黄帝陵即感

　　因前往西安之便，乘公路汽车前往黄陵县，拜谒黄帝陵。

233

间关万里谒黄陵，不朽功德柏奋青。

神武九德①陶天下，修文四不②乐大同。

几千年来为凝聚，数百代后动激情。

华夏兴衰岂世运？馨香祈祷孕圣明。

一九九二年五月十二日

注：

①《拾遗记》黄帝"置四史以主图籍，使九行之土以统万国。九行者，孝、慈、文、信、言、忠、恭、勇、义以观天地，以同万灵，亦为九德之臣。诏令百辟，群臣爱德教者，先列珪玉于兰蒲席上、然沈榆之香，春杂实为宵，以沉榆之胶和之为泥以涂地，分别尊卑华戎之位也"。

②《管子》黄帝之治天下也，其民不引而来，不推而往，不使而成，不禁而止。故黄帝之治也，置法而不变，使民安其法者也。

雨霖铃　赠唐代文化艺术馆解说员

榴花时节，来艺术馆，俗念全歇。盛唐功业辉煌，低回处、神驰情切。难抑遐思缕缕，须拓宽视野。却为何、千秋古人，智慧如此钦伟阔。

文物珍品应识别，最赞赏解说甚优越。详尽文雅幽默，沁舌华、爽朗如月。使人听了，恰似新临其境览设。赞弘扬文化功绩，谱词供传说。

一九九二年五月二十日

水龙吟　观"舞马衔杯"志怀

莫道秦王英武，扫荡群雄挥长剑。沉溺女祸，不能自拔，遗毒不浅。隆基昏庸，宠幸玉环，荒淫不检。教舞马衔杯，配曲祝寿，却不顾，生民惨。

魂惊渔阳鼙鼓，马嵬坡，春梦初敛。盛唐余荫，斫丧殆尽，国脉断缆。千古兴亡，庶民悲笑，文人兴叹。痛百代人间，欲壑难填，执迷障眼！

一九九二年五月二十日

宴清都　药王山顶礼孙真人

南庵听史故，缅昭阳[①]，道家难寻何处？真人归隐，旧居犹存，瞻仰遗树。主干扭转通灵，戒医林贪财迷路。荫名山，苍劲虬张，阅历沧桑几度？

药王医德显赫，拯民疾苦，情同甘露。降龙伏虎，益寿延年，诲人彻悟。千金巨著渊博，验方剂古今独步。且追凭，神驰玉宇，久久凝伫。

一九九二年五月二十三日

注：

①唐太宗姑母昭阳公主曾出家在岳王山南山结草为庵，故称南庵。公主死，葬于其地，人称老姑坟，但现已无迹可寻。

西行杂感

触目江河逐浊流，风尘滚滚惹新愁。

陕北山谷罕碧色，晋南沃野有荒丘。

千年故史充灾患，万里江山待精修。

且挥利斧斩荆棘，化育松柏布神州。

一九九二年六月十日

图书在版编目（CIP）数据

吉林三贤集 / 佟柱臣, 金意庵, 厉风舞著. —— 长春: 吉林文史出版社, 2020.11
（长白文库）
ISBN 978-7-5472-7388-3

Ⅰ.①吉… Ⅱ.①佟… ②金… ③厉… Ⅲ.①诗集—中国—当代 Ⅳ.①I227

中国版本图书馆CIP数据核字(2020)第216233号

吉 林 三 贤 集

JILIN SANXIANJI

出 品 人：张 强

著 者：佟柱臣 金意庵 厉风舞

丛书主编：郑 毅

责任编辑：程 明 吕 莹

装帧设计：尤 蕾

出版发行：吉林文史出版社有限责任公司

电 话：0431-81629369

地 址：长春市福祉大路出版集团A座

邮 编：130117

网 址：www.jlws.com.cn

印 刷：吉林省优视印务有限公司

开 本：170mm×240mm 1/16

印 张：17.25

字 数：200千字

版 次：2020年11月第1版 2020年11月第1次印刷

书 号：ISBN 978-7-5472-7388-3

定 价：158.00元